光文社古典新訳文庫

若きウェルテルの悩み

ゲーテ

酒寄進一訳

kobunsha classics

光文社

Title : DIE LEIDEN DES JUNGEN WERTHERS
1774
Author : Johann Wolfgang von Goethe

目次

若きウェルテルの悩み

第一部

あわれなウェルテルの身になにが起きたのか、調べのつくかぎり調べ、資料の収集に奔走した。それをここにお目にかけよう。みんなに感謝してもらえるものと思う。きっとウェルテルの精神と人となりに感嘆し、その運命に涙を禁じえないだろう。ウェルテルと同じように切羽詰まった人がいるものだ。ウェルテルの苦悩に触れてみずからを慰めるといい。宿命ゆえか、おのれの落ち度ゆえか、親しい友を見いだせない人には、ぜひこのささやかな書を友としてほしい。

＊

一七七一年五月四日

故郷を出てきてやっぱりよかったよ。人の心とはひどいものだ。あれほど心を許し、離れがたいと思っていたきみと別れて、これでよかったと思うなんてね！ きみならわかってくれるよね。きみ以外の人との関係は運命によってがんじがらめじゃないかな？ それも、ぼくの心をおののかせるために。かわいそうなレオノーレ！[1] といっても、ぼくは悪くない！ 好きかってする彼女の妹に魅力を感じ、おもしろがっていたがばかりに、レオノーレのあわれな心に情熱の火をつけてしまったとは。どうしたらよかったと言うんだ！ いや、どうかな。――ぼくにまったく落ち度がなかったと言えるかな。レオノーレをその気にさせるようなことをしなかっただろうか。彼女には天然なところがある。ぼくらをよく笑わせてくれたが、滑稽とは少し違った。そんな彼女を見て、ぼくは楽しんでいた。いや、そうでもないかな。――ああ、自分のことを批判するなんて本当にどうかしてる！――きみ、これだけは請け合うけど、ぼくは人生をやり直すよ。運命にひどい目に遭わされたことを思いだして、くよくよするのはもうやめる。ぼくはいまを楽しむぞ。過去は過ぎ去るにまかせよう。きみは言ったね。「人間が抱える苦しみもだいぶ減るはずだ。もしも――といっても、なぜそうするのかはわからないけど――いやな過去の記憶を呼び戻すのに想像力をせっせと働かせたりしなければね。そんなことはやめて、善悪どちらとも言えないいまを生きさえすればいいのさ」と。たしかにそのとおりだ。

母には、こっちは順調なので、近いうちに手紙を書くと伝えてくれないか。ぼくはおばとも話をした。うちではひどい人だということになっているけど、ぜんぜんそんなことはなかった。無頓着で癇癪《かんしゃく》持ちなところはあるけど、根はいい人だ。ぼくの母が遺産の分配がなかなか進まないのに不満を持ってると伝えたら、滞っている事情を説明してくれて、条件さえ整えば引き渡すと言った。しかも、おまけをつけるという。でもいまは、そのことを書きたくない。母にはうまくいってるとだけ伝えてほし

1　ゲーテは自伝『詩と真実』第二部第九章でダンス教師のふたりの娘をめぐって似たようなエピソードを回想している。

い。今回のことで、この世の諍いは悪巧みや悪意よりも、誤解や怠慢に起因するのが大半だとつくづく思い知らされた。悪巧みや悪意が原因になることなんて、じつのところずっとすくないってね。

ところで、こっちは快適だよ。孤独は、楽園のようなこの場所で芳しいバルサム[2]となっている。若々しいこの季節が、凍えがちなぼくの心を暖かく包んでくれる。どの木も、どのしげみも、花束に等しい。ぼくはコガネムシだ。芳醇な匂いの海を飛びまわって蜜を吸いたくてしかたがない。

町自体は居心地がいいとは言えないけど、郊外の自然は筆舌に尽くしがたいほど美しい。亡くなったM伯爵は丘を使って庭園[3]を造成したが、たしかにこのあたりの丘は多彩な自然に恵まれ、素敵な谷間を作りだしている。庭園は簡素なものだ。足を踏み入れれば、設計したのが学のある庭師というよりは、感じる心を持つ人だとわかる。たぶん自分が楽しみたくて作ったのだろう。造園主であるM伯爵のお気に入りだったという朽ちかけた四阿《あずまや》で伯爵を偲んでいくども涙を流した。いまはぼくのお気に入りの場所でもある。ぼくはもうすぐこの庭園の主になるだろう。庭師はぼくに好意を寄せてくれている。といっても、知り合ってまだ数日だけど、これから先うまくやっていけそうだ。

＊

五月十日

ぼくの魂は晴れ晴れとしている。芳しい春の朝を思う存分吸っている気分だ。ぼくのような人間にこそふさわしいこの地方で、ひとりになって人生を謳歌していられるなんて幸せだ。長閑《のどか》な生活に浸っているせいか、芸術の方にどうも気持ちが向かない。いまはスケッチをする気にもなれない。一筆もふるえないしまつだ。でもいまほど自然が偉大な画家だと実感したことはない。うるわしい谷にけぶる霧がぼくを包み、空

2 樹木や植物から分泌される油性の浸出液。芳香があり、香料や医薬品に用いられる。

3 本文の記述から自然の景観を生かしたり、模したりした風景式庭園と考えられる。十八世紀の自然賛美の風潮とともにイギリスで発展した庭園芸術で、ドイツにも波及し、数多く造成されている。ゲーテ自身、ヴァイマール時代に風景式庭園であるイルム公園の造成に関わっており、一八〇九年には風景式庭園を舞台にした小説『親和力』を出版している。

高く昇った日の光は暗い森の上にとどまり、内奥の聖なる場所に数条の光を差すだけ。ぼくは流れ下る小川のそばの背の高い草むらの中に横たわる。地面近くに生えている無数の草が目にとまる。茎のあいだにうごめく珍妙な姿の小さな生きもの、芋虫や羽虫を身近に感じ、ぼくらを自分の似姿として創った全能の神の存在を、ぼくらを歓喜に酔わせ、万物を愛する神の息吹をひしひしと感じる。目がかすみ、まわりの世界と空が恋人のようにぼくの魂に憩うとき、これが表現できたらなと思う。心に広がるこの温もりを画用紙に写しとり、魂が永遠なる神の姿を映す鏡であるように、その絵がぼくの魂の映し鏡になったらいいのに。だけど——むりだ。目の前に広がる光景のあまりの素晴らしさに、ただただ平伏している。

＊

五月十二日

このあたりには無数の精霊がたゆたっているのだろうか。それとも温かく素晴らしい想像力がぼくの心に宿って、まわりのものをすべてこの世のものとも思えなくしているのだろうか。ぼくにはわからない。町を出てすぐのところに泉がある。メリュジーヌとその妹たち[4]のように、ぼくはその泉の虜になる。小さな丘を下ると、丸天井の前に出る。そこを二十段ほど下りていくと、大理石の岩から澄み切った水が湧きでているんだ。上部を塀が囲い、背の高い木が広場のまわりを覆っている。ここは涼しい。どんなものにも、人の心を引きつけてやまないなにかがある。ぼくは毎日、この場所で一時間は過ごすようにしている。町の娘たちがやってきて、水を汲んでいく。ありきたりだが、これほど欠かせない仕事もないだろう。昔は王女も水汲みをしたものだ。泉のそばにすわっていると、家長が家族の中心だった時代のイメージ[5]が脳裏をよぎる。家長たちが泉で知り合い、結婚をまとめる光景。井戸や泉のまわりに霊験あらたかな精霊がたゆたうさま。これを感じとれない人がいるとすれば、夏の一日をさんざん歩いたあと、冷涼な泉に辿り着いて、生き返る思いをしたことのない人だろう。

4　フランスで中世から伝承されている水の精。泉でふたりの妹とともに下半身が蛇になる呪いをかけられる。

5　以降の記述は『旧約聖書』「創世記」第二十四章第十三節からのエピソードを連想させる。

＊

五月十三日

ぼくの本をこちらに送ってくれるというが、後生だからやめてくれ。人からヒントをもらうのも、元気づけられるのも、焚きつけられるのも、もうごめんなんだ。ほうっておいても気持ちが高ぶる。必要なのは子守歌だ。子守歌はホメーロス[6]の中にたっぷり見つかる。血がたぎったとき、その歌で何度なだめられたことだろう。きみも、ぼくの心ほど不安定でたえず揺れ動いているものを見たことはないはずだ。違うかい？　いまさら言うまでもないかな。なにしろ、悲しみに沈んだかと思えば、羽目をはずし、甘美な憂愁に浸ったかと思えば、激しい情熱に身を焦がすぼくに、きみはさんざん付き合わされてきたのだから。ぼく自身、病に臥した子どものように自分の心をもてあまし、好き勝手させている。このことは口外無用だ。口さがない人がいるからね。

*

五月十五日

この地では市井の人々もすでにぼくを知っていて、好意を寄せてくれている。とくに子どものあいだで人気がある。だけど、ちょっと情けないこともあった。はじめのうち、彼らのあいだに入って、親しく声をかけたのだけど、彼らはからかわれていると思ったらしく、何人かにずいぶんそっけなくされてしまったんだ。気にはしなかったけど、うすうす気づいていたことをあらためて実感させられたよ。それなりの身分の者は庶民に冷たい態度をとって距離を置く。近しくなるのは身のためにならないとでも言うように。その一方で、へりくだってみせることで、かえって貧しい人たちに尊大な奴だと思われてしまうこともある。そういう上辺だけの奴とか、しょうもない

6　古代ギリシアの吟遊詩人であったとされている人物の名。長編叙事詩『イーリアス』と『オデュッセイア』の作者とされている。

お調子者がいるってことさ。

ぼくらが平等ではなく、そもそも平等になることなど不可能なのはわかっている。それでも、威厳を保つために庶民から距離を置くことが必要だと考える奴はろくでなしだ。負けるのが怖くて敵から逃げる臆病者と同じじゃないか。

このあいだ例の泉に行ったら、若い娘が階段の一番下に甕《かめ》を置いて、頭にのせる手伝いをしてくれる仕事仲間がこないかと見まわしていた。ぼくは階段を下りて、娘を見た。

「手伝いましょうか?」と声をかけると、娘は顔を真っ赤にして「いいえ、けっこうです」と言うから、「遠慮はいらないよ」と返した。

娘が輪っかを頭にのせなおしたので、ぼくは手を貸してやった。娘は礼を言って、階段を上っていった。

＊

五月十七日

いろいろな人と知り合いになったけど、意気投合するほどではない。ほかの人から見て、ぼくにどういう魅力があるのかわからないけど、たくさんの人が気に入ってくれて、親しくしてくれる。だけど道を同じくできるのはごく短いあいだだけだ。じつに残念でならないよ。そう言うと、そこに暮らすのはどんな人たちなんだい、ときみは気にするかもしれないね。どこも同じと言うほかないさ！　人間なんて所詮同じ。たいていの人は生きるために汲々としている。残された自由時間なんてほとんどない。それでも時間を持て余して、あらゆる手を使って浪費しようとする。これは人間の性《さが》だな！

でも、とてもいい人たちさ！　ぼくはときどきなにもかも忘れて、この人たちと他愛もない娯楽に興じるようにしている。ご馳走が並ぶ食卓を囲むとか、言いたい放題おしゃべりするとか、頃合いを見計らって遠出や舞踏会を催すとか。じつにいい気晴らしだ。こんなことをしていたら自分の中にまどろむいろいろな能力が錆びつくかも。だけど、気にするものか。どうせ楽しんでいるときは、そんな能力は表にだすものじゃないからね。ああ、考えただけで、心が締めつけられる。──でも、それでいいんだ！　誤解されるのは、ぼくらみたいな人種には致し方のないことだからね。ああ、それにしても、若い頃の恋人が死んでしまうとは！　あの人にはよくぞ巡り会えたものだ。あの出会いがなかったら、「お前はばかだ。この世にないものを探し求めるなんて」と自分を貶《けな》していたことだろうな。でも、ぼくにはかつてあの人がいた。あの人の心を感じ、偉大な魂に触れ、そばにいるだけで、なんにだってなれる気がしたものだ。なにごとにも全霊をかけて打ち込んだっけ。あの人の前では舞い上がって、ぼくの心は自然を丸ごと包み込むような気分を味わった。ぼくらの付き合いは、繊細な感受性と研ぎ澄まされた機知で織られた布と同じだった。ときには羽目をはずしたけど、あれは天才のひらめきと呼べるものだった。それがどうだ。──ぼくよりも少し歳が上だからといって、先に墓に入ってしまうなんて。ぼくはあの人を忘れない。センスがよくて、神々しいほどの包容力の持ち主だった。ずっと心に留めておくよ。

数日前、V君に会った。端整な顔立ちで、気さくな若者だ。大学を出たばかりで、賢いとまでは思っていないようだけど、博識を自任している。それに見たところ、勉強熱心で、たしかにかなりの物知りだ。ぼくがよく絵を描き、ギリシア語ができる、つまりこのあたりでは珍しいふたつの輝ける星だということを聞き及び、ぼくのところへやってきて、蘊蓄を披露した。バトー[7]からウッド[8]、ド・ピル[9]からヴィンケルマン[10]。それとズルツァー[11]の芸術論第一部を読破し、ハイネ[12]の古代研究に関する原稿を持っていると言った。それはすごい、と話を合わせておいた。

もうひとり立派な人物と知り合いになった。公爵領の地方行政長官[13]をしていて、気さくで誠実な人だ。子どもが九人もいて、子どもたちに囲まれているときは心が温ま

---

7 シャルル・バトー（一七一三〜八〇）、フランスの美学者。
8 ロバート・ウッド（一七一七〜七一）、アイルランド系イギリス人の旅行家、古代研究者。
9 ロジェ・ド・ピル（一六三五〜一七〇九）、フランスの画家、美術批評家。
10 ヨハン・ヨアヒム・ヴィンケルマン（一七一七〜六八）、ドイツの美術史家。
11 ヨハン・ゲオルク・ズルツァー（一七二〇〜七九）、スイス出身の哲学者。主著に『諸芸術の一般理論』全四巻がある。
12 クリスティアン・ゴットロープ・ハイネ（一七二九〜一八一二）、ドイツの考古学者。
13 原語はAmtmann。領主の直営地管理、地代および租税の徴収、裁判権および警察権の行使が主な任務。

るらしい。とくに長女が大変な評判になっている。地方行政長官は家に遊びにこないかと誘ってくれた。近いうちに訪ねてみるつもりだ。住んでいるのはここから一時間半ほどいったところにある公爵家の狩猟館だ。奥さんが亡くなったあと、市内の公邸に住むのがつらくなったとかで、狩猟館に移り住む許しをもらったらしい。

ほかにも数人、風変わりな人物と出くわしたけど、どいつもこいつもむかつく連中で、友だちぶって馴れ馴れしくするものだから閉口している。

さようなら！　この手紙ならきみの気に入るだろう。記録に徹しているからね。

＊

五月二十二日

人の一生は夢にすぎないとよく言うけど、ぼくもこのところそういう気持ちを抱いている。人間の行動力や探求心に限界を感じるたび、欲望を満たそうと一生懸命な矢先に、その欲望はつまらない存在であるぼくらをただ生きながらえさせるためにあるんだと思い知らされるたびに思うんだ。探求の果てに全き安心を得ようとするのはあきらめのうちに見る夢なんだ。結局は、四面の壁に閉じ込められて、いろいろな人や明るい景色を壁に描いているだけのことだ。そのことがヴィルヘルム、ぼくを絶句させる。けれども我に返ると、そこにひとつの世界が見いだせる！と言っても、輪郭がはっきりして、精気がみなぎるというのとは違う。どちらかというと、なにかを予感させ、暗い欲望に満ちたものだ。そこでは、あらゆるものが浮遊して、五感に訴えかけてくる。ぼくは夢見がちになって、その世界を眺めながら微笑む。

子どもってのは、自分がしたいことに理由なんて問わない。その点について、お偉い学者先生や教育係[14]の意見は一致している。けれども大人だって、子どもと同じだ。この大地をうろつきまわるだけで、自分がどこから来て、どこへ行くかも知らないじゃないか。真の目標を立てて行動することなどほとんどなく、ビスケットやケーキや白樺のムチづくりに血道を上げている。だれも信じようとしないけど、そうに決まっているとぼくは思っている。

14　近世において学校で教育を受ける市民階級に対して、貴族の子弟は個人教授が中心だった。大学を卒業したての知識人にとって、こうした教育係の職は重要な生活の糧だった。

きみの言いたいことはわかっているさ。喜んで白状するけど、だれよりも幸せなのは、子どものようにその日その日を生きていける連中だ。人形を連れ歩いて着せ替えをしたり、母親がいつも菓子パンをしまっておく引出しのあたりを虎視眈々と歩きまわって、望みのものを手に入れたらすかさず頬張り、「もっとちょうだい」と声を上げたりする。こういうのが幸せな人種さ！　くだらないことや夢中になっていることに、たいそうなタイトルをつけて、これぞ人類安寧のための大事業なりと嘯《うそぶ》く連中もおめでたい奴らだ。そんなことが言える御仁は幸いなり！　だけど、謙虚になって、こんなことがいったいなんになるんだと考えてしまう人もいるだろう。そういう人なら、自分のささやかな庭を夢の楽園にしようと勤《いそ》しみ、運に見放されても不平を言わずに重荷を担いで自分の道を歩く幸いなる市民がいて、一様に少しでも長くお天道様を拝もうと汲々としていることに気づくはずだ。そうだろう！　そういう人は黙って自分だけの世界を作りあげる。これまた幸せなことだ。それこそ人間なのだから。自分を狭めることにはなるけど、自由という甘美な感覚を味わい、心は錦でいられる。そしていざとなれば、いつでもその牢獄から出ていくことができる。

＊

五月二十六日

知ってのとおり、新しい土地に根を下ろすのに、ぼくなりのやり方がある。気に入った場所に小屋を作り、暇を見つけてはそこに籠るんだ。ここでも、ぼくを引きつけてやまない場所が見つかった。

町から一時間ほどのところにある村で、名前はヴァールハイム*。丘の上にあるところがとてもおもしろい。村までの小道を登ると、谷全体が一望できる。歳はとっているが愛想がよく、陽気なおかみさんがいる店があり、ワインやビールやコーヒーが飲める。そしてなによりいいのは、二本の菩提樹が大きく枝を広げ、教会の前の小さな広場を覆っていることだ。その広場のまわりを農家や納屋や館が囲んでいる。こんなに親しみが持てて、心なごむ場所はなかなかない。ぼくは店のテーブルと椅子をその広場に出してもらい、コーヒーを飲みながらホメーロスを読む。

＊ここで挙げた場所を探す労をとらないでほしい。よんどころない事情から、原文にあった実名を変えている。

ふとした偶然で、ある晴れた午後にはじめてこの菩提樹の下にやってきた。そのときの広場には人気《ひとけ》がなかった。村人はみな、畑に出ていたんだ。ただ、四歳ぐらいの男の子が地面にすわり、生後六ヶ月くらいの赤ん坊を自分の足のあいだにしゃがませて、両腕で胸に抱いていた。男の子はちょうど赤ん坊の椅子がわりになって、黒い目をきょろきょろさせながら静かにすわっていた。この光景が気に入って、ぼくは真向かいにあった鋤《すき》の上に腰をおろし、この兄弟を嬉々としてスケッチした。スケッチにはさらにそばの垣根や納屋の戸や壊れた車輪など背景を描き加え、一時間たってみると、はからずも構図のよい、なかなかおもしろい絵ができあがっていた。おかげで、これからはあるがままに自然を相手にしようという気になった。自然はそれだけで限りなく豊かで、偉大な芸術家を創りだす。規則の長所はいくらでも挙げることができる。市民社会のいいところを誉めるのと同じだ。規則に従う人間は、悪趣味なものや、粗悪なものを決して作りだしはしない。法や安寧によって人格を形成した人が、我慢のならない隣人や極悪人にならないのと同じさ。だけど規則というものは、だれがなんと言おうと、自然に生まれる本当の感情や表現を損なってしまう！「それは言い過ぎだ。規則は枠にはめるだけ。繁茂したブドウのツルを刈り込むためのものだ」きみならそう言いそうだな！ここで比喩をひとつ。恋愛をめぐる比喩だ。ある青年が女の子に思いを寄せたとしよう。一日中、彼女にかまけて、好きだと伝えるために精力を注ぎ、お金を使う。そこへたとえば役人をしている俗物がやってきて、こんなことを言う。

「お若いの、人に心を寄せるというのは人間らしいことだ。ただし、人間らしく愛さなくてはいけない！一日の時間を按配して、仕事に時間を割き、息抜きに女の子と交際するのがよろしい。自分の財産をちゃんと数えて、必需品を買った残りで彼女に贈り物をする。そうやって誕生日や命名日などの機会にほどほどにする分には、わたしも止めはしない」――この忠告に従うなら、使える若者ができあがるだろう。どこの領主にもこの人物を任用するよう推薦できる。ただし若者の恋愛は台無しだ。若者が芸術家なら、その人の芸術は地に堕ちる。なにもかもだ！天才という川がなかなか決壊しないのはなぜだと思う？洪水となって、きみたちの心を揺さぶることがほとんどないのはなぜだ。沈着冷静な紳士が川岸に住んでいるからだ。紳士は、四阿やチューリップの花壇や野菜畑が洪水でだめにならないように、あらかじめ堤防や誘導水路を作って、来たるべき危険に備えているんだ。

*

五月二十七日

譬え話までして熱弁をふるったせいで、ふたりの子どもがどうなったか話すのをうっかり忘れてしまった。昨日の手紙で断片的に書いたように、ぼくは絵を描くことに没頭して、鋤に二時間はすわっていた。すると夕方になる頃、若い女性が籠を腕にぶらさげてやってきて、ずっとその場から動かなかった子どもたちに遠くから声をかけた。

「フィリップス、えらかったわね」

女性がぼくに会釈したので、ぼくもそれに応えて立ち上がると、近づいていってたずねた。

「この子たちのお母さんですか？」

女性はうなずいて、上の子にプチパンを半分与え、下の子を抱きあげると、母親らしく愛情たっぷりにキスをした。

「フィリップスにこの子を見ているように頼んで、長男を連れて町で買い物をしてきたんです。パンと砂糖と、それから土鍋」

そのとき籠の蓋が落ちて、中身が見えた。

「これからハンス（下の子の名前だ）のために夕食のスープをこしらえようと思っています。長男がきのう、フィリップスとおかゆの残りを取り合って、うっかり鍋を壊してしまいまして」

長男はどうしたのか、とぼくは訊いてみた。牧草地でガチョウと追いかけっこをしている、と母親が言ったそばから、男の子が駆けてきて、ハシバミのムチを弟に渡した。ぼくはしばらくその女性とおしゃべりをした。教師の娘で、夫はいとこの遺産をもらうため、スイスまで出かけているという。

「向こうの一族は夫を騙すつもりで、夫の手紙に返事もよこさなかったんです。そこで夫は直接乗り込むことにしました。なにかあったのでなければいいんですが。なんの便りもないんです」

ぼくはこの女性と別れがたく感じた。子どもたちにそれぞれ一クロイツァーずつ小遣いをやり、赤ん坊の分も女性に渡して、町に出たらこの子のスープにプチパンをひとつつけてあげるといいと言って別れを告げた。大事なきみだから言うけど、五感がどうにも抑えられなくなったら、この若い女性のような幸福そのものの人に会うのはいいことだ。身の回りの暮らしから足を踏み外さず、その日その日を精いっぱいに生き、木の葉が散るのを見ても冬が来るとは考えない、そういう人に会うと、こっちのざわついた気持ちまで落ち着く。

あれから足繁くその村に通っている。子どもたちもすっかりぼくになついた。コーヒーを飲むときは、子どもたちに砂糖をあげる。夕方には、バターを塗ったパンとサワーミルクを子どもと分け合う。日曜日には、かならず小遣いをあげることにしている。礼拝の時間が終わる前に帰るときは、あとで子どもたちに渡してくれと言って、店のおかみさんにお金を預ける。

子どもたちはすっかり打ち解けて、いろんな話をしてくれる。でも村の子がほかにも集まってくると、むきになり、露骨にいやな顔をする。見ていて、とてもおかしい。

「お邪魔ではないでしょうか」と若い母親に恐縮されて、気にしなくていいと納得してもらうのにずいぶん苦労した。

*

六月十六日

便りがないのが、そんなに気になるかい？　そういうことを気にするとは、きみもとうとう学者先生の仲間入りだね。ぼくは元気だ。そのくらい察してくれよ。それに——単刀直入に言うと、知り合いができて、いまはそっちに夢中なんだ。ぼくはね——うーん、なんと言ったらいいか。

このとびきり素晴らしい人とどうやって知り合ったか、ちゃんと話すのはむずかしい。ぼくは喜びと幸せの真っ只中だ。そんなぼくが有能な報告者になれるわけがない。

15　当時ドイツ語圏で使われていた少額の硬貨。クロイツは十字架を意味し、当初表面に十字架が刻印されていたことから、こう呼ばれた。

天使！　これじゃだめだ！　使い古された言い方だ！　そうだろう？　あの人がどんなに完璧か、なぜ完璧であるかなんて、とてもじゃないけど言えるものじゃない。あの人がぼくの心を虜にしたと言えば充分だろう。

純朴でいて分別があり、やさしい上にしっかり者。穏やかな心の持ち主でいながら、本当に生き生きしていて活動的だ。――

あの人についていくら言葉を弄しても、抽象的な言葉に堕して、あの人の特徴など少しも見えてこない。そのうちにまたと思うが――だめだ、そのうちなんて待っていられない。いますぐ話しておきたい。いま話さなければ、永久に話さずに終わるだろう。というのも、ここだけの話だけど、この手紙を書きはじめてからもう三度も筆を置き、馬に鞍をつけさせて出かけようとした。今朝は出かけないと心に誓ったのに、つい窓辺に立って、日がまだ高いか確かめてしまう。

結局、我慢できなくなって、ぼくはあの人のところへ出かけて、ついさっき帰宅したところさ、ヴィルヘルム。バターを塗ったパンを夜食にかじりながらこの手紙を書いている。至福の喜びだよ、八人の元気な子どもに囲まれたあの人の姿を見るのは！――

こんなふうに書いても、結局きみにはなにも伝わらないだろう。それではどうか聞いてくれ。腹をくくって詳しく書いてみる。

地方行政長官のS氏と知り合いになったことは、このあいだ書いたね。その人の隠遁所、いや小さな王国と言ったほうがいいかな、そこに遊びにくるよう誘われたことも書いたね。ぼくはその誘いをほったらかしにしていた。その静かな場所にこんなに素晴らしい秘宝がひそんでいることを偶然発見しなかったら、そこへ出かけてゆくことは絶対になかったと思う。

若い人たちが郊外で舞踏会を催すことになり、ぼくも喜んで参加すると返事をした。それがきっかけだった。ぼくは、気立てがよく美人だけど、これといって取り柄のない娘をエスコートした。ぼくが馬車を用意し、ぼくの相手とその従姉を会場まで乗せ、途中でシャルロッテ・Sも拾うことになった。

きれいに伐採した森の道を通って狩猟館へ向かっているとき、ぼくがエスコートすることになった娘が言った。

「素敵な人と知り合いになれますよ」

「恋したりしないようにお気をつけあそばせ！」従姉が言った。

「なぜです？」ぼくは言った。

「すでに決まった方がいるのよ」エスコートの相手が答えた。「とても立派な方なの。いまは旅行中で、亡くなったお父さまの身辺整理をして、ついでによい勤め先を探しておられると聞いたわ」

そんな情報、ぼくにはどうでもいいことだった。

十五分もしたら太陽が山にかかるだろうという時刻に、ぼくらは屋敷の門前に到着した。ひどく蒸し暑く、娘たちは、夕立が来そうだと心配していた。たしかに地平線のあたりに灰白色のもやっとした雲がもくもくと大きくなりつつあった。ぼくは適当な気象の知識を持ちだして、杞憂に終わると彼女たちに言ったものの、じつは夜の舞踏会が雨にたたられるかもしれないと危惧していた。

ぼくが馬車から降りると、使用人が門のところまで出てきて、「ロッテお嬢さまはすぐにまいりますので、少しお待ちください」と言った。ぼくは中庭を横切って、瀟洒《しょうしゃ》な作りの館へ向かった。外階段を上がって玄関に入ると、見たこともないような魅惑的な光景が目に入った。玄関ホールで二歳から十一歳までの六人の子どもが、美しい女性のまわりに群がっていたんだ。その人は中肉中背で、シンプルな白いドレスに身を包み、腕と胸元に薄紅色のリボンをあしらっていた。見ると、子どもたちひとりひとりに、年齢と食欲に応じて黒パンを切り、やさしく手渡している。どの子も、パンを切り分ける前に小さな手を高く差しあげ、ごく自然に「ありがとう！」と言った。ほとんどの子は夕食のパンを持って嬉々として駆け去ったが、門のところにいる客や、ロッテが乗ることになっている馬車を見ようと、ゆっくりこっちへやってくる子もいた。

「わざわざおいでいただいたのに、お待たせしてしまい、申し訳ありません」ロッテは言った。「着換えや留守中の指図をしていて、この子たちに夕食をあげるのを忘れていたんです。この子たちはわたしが切ってあげないとパンを受け取らないもので」

ぼくは型どおりの挨拶をした。だけどその容姿、声、物腰に、心を奪われていた。彼女が手袋と扇を取ってくると言って自分の部屋に行ったとき、ようやく気を取りなおした。子どもたちは少し離れたところからこっちをうかがっていた。ぼくは一番年下の子のところへ歩み寄った。目鼻だちの整った子だった。その子があとずさりした。ちょうどドアを開けて戻ってきたロッテが言った。

「ルイ、おじさまと握手なさい」

その子は素直に手を差しだした。その子は洟《はな》を垂らしていたが、ぼくは心をこめて口づけせずにはいられなかった。

「おじさまですか」ぼくはロッテに手を差しだしながら言った。「あなたの親戚に加えていただけるとは、うれしいかぎりです。わたしにそのような価値があるとは」

「あら！」ロッテは軽く微笑みながら言った。「うちは親戚がとても多いんですよ。あなたがその中で一番の嫌われ者だったら残念ですけど」

歩きながら、ロッテは十一歳になる次女ゾフィーに、小さい子どもたちの面倒をよくみて、父親が馬の遠乗りから帰ってきたらお世話するようにと指示をした。小さい子どもたちには、「ゾフィーをわたしだと思って、よく言うことを聞くのよ」と言い含めた。子どもの幾人かは、そうするとしっかり約束した。けれども六歳ぐらいの生意気盛りの女の子は口答えした。

「ゾフィーはロッテおねえちゃんじゃないわ。やっぱりロッテおねえちゃんの方がいい」

年長の男の子ふたりは外に出て、馬車の後ろによじのぼっていたが、ぼくがとりなして、森の手前まで馬車に乗せてやることになった。ロッテは、ふざけたりしないで、しっかりつかまっているならいいと言った。

ぼくらが馬車に乗り込むと、女性たちは挨拶を交わし、ドレスや帽子を誉め合い、これから会う人たちの話でひとしきり盛り上がった。それからすぐ、ロッテは御者に馬車を止めるように言って、ふたりの弟を馬車から降ろした。弟たちは別れぎわにロッテの手に口づけをした。十五歳になる上の子は、その年齢にふさわしく愛情たっぷりに、下の子はひどく乱暴にふざけながら。ロッテは、小さい子たちをよろしくと言った。そして、ぼくらは馬車を進めた。

そのうち、このあいだ送った本は読んだか、と従姉がロッテにたずねた。

「いいえ、好きになれなかったわ。お返しするわね。その前の本と似たり寄ったりだったから」

どういう本なのか、とぼくがたずねると、『○○』という答えが返ってきたので驚いた。*——ロッテの言葉からは豊かな人柄がにじみ出ていた。なにか言うたび、表情に新たな魅力と精神の輝きが感じられた。ロッテはぼくに理解されていると感じたのか、だんだん硬さがとれた。

＊ 事情があって手紙のこの個所は公にできない。無駄に物議を醸さないためだ。一女性が下した評価や、気が変わりやすい若者の意見などいちいち気にする作家もいないだろうが。

「もっと若い頃は、小説をよく読んだものです。日曜日にはどこか家のすみっこにすわり込んで、ミス・ジェニー[16]の運命に一喜一憂しながら夢中で読みました。本当に楽しかったわ。ああいう類の本なら、いまでもわくわくすることは否定しません。でも最近はあまり本を手にする暇がないので、読むなら好みの本でないと。一番好きなのは、わたしの世界と同じものを感じさせてくれる作家ですね。わたしの周囲とそっくりの世界。我が家の日常と同じようにおもしろくて、心温まる物語。うちだって決して楽園ではありませんけど、やっぱり幸福の源ですので」

ぼくはロッテの言葉に心を揺さぶられた。それを隠そうと必死になったけど、『ウェイクフィールドの牧師』[17]、『……』＊＊が話題に上り、心を込めて語られたので、気持ちを隠すのは土台むりな相談だった。ぼくは我を忘れて、思いの丈を片端から口にした。しばらくしてロッテがほかのふたりに話しかけたがっていることに気づいた。

ふたりは会話から置いてきぼりにされて、目を丸くしていた。ふたりは一度ならず、鼻白んでこっちを見ていたが、ぼくはそのことにまったく気づいていなかった。

＊＊ ここでも我が国の作家数人の名を省略する。ロッテの称讃に賛同する人なら、この個所を読めばすぐだれを指しているか察しがつくだろうし、そうでない方には知る必要もないことだ。

話題はダンスの楽しさに移った。

「そんなことにうつつを抜かすのは、よくないことでしょうけど」ロッテは言った。「やっぱりダンスは最高ですね。頭がすっきりしないときでも、調律の合っていないわたしのピアノ[18]でコントルダンス[19]の曲を少し弾くだけで、たちまち気分がよくなりますもの」

16 フランスの作家マリー＝ジャンヌ・リコボニ（一七一三～九二）の感傷主義的小説『ミス・ジェニー・グランヴィルの物語』（一七六四）の主人公。

17 イギリスの作家オリヴァー・ゴールドスミス（一七二八～七四）の小説。一七六六年。

その話を聞きながら、ぼくは彼女の黒い瞳をうっとり見つめ、生き生きとした唇や潑剌《はつらつ》とした頬に心を奪われた。ロッテの話し方は素晴らしく、彼女の言葉を何度も聞き漏らしたほどだった！　ぼくを知るきみなら、ぼくがどんなだったか容易に想像できるだろう。舞踏会場の前に馬車が止まったとき、ぼくは夢心地のまま降り立った。あたりが黄昏《たそが》れたのも手伝って、明かりが煌々とともる階上のホールから聞こえてくる音楽も耳に入らないほどだった。

いっしょに馬車に乗ってきたロッテと従姉の相手を務める、アウドランともうひとりの何某（いちいち名前なんて覚えていられない）とかいう紳士のふたりが、馬車まで出迎えにきて、それぞれ自分の相手を連れてホールに案内した。ぼくも自分の相手をエスコートした。

ぼくらは列を作ってうねるようにメヌエット[20]を踊った。ぼくは相手を次々と替えた。我慢がならない人にかぎって、組みを解く合図である握手をなかなかしてくれなかった。ロッテとそのパートナーはコントルダンスをはじめた。ようやくふたりはぼくのいる列でステップを踏みはじめた。ぼくがどんなにうれしかったかわかるだろう。ロッテのダンスは見ものだった。身も心もダンスに打ち込んでいた。体を音楽に乗せ、天真爛漫そのもの。ダンスのほかにはなにも考えず、感じず、なにも見えていないようだった。

　ぼくは二度目のコントルダンスをロッテに申し込んだ。ロッテは三度目にいっしょに踊ると約束し、愛らしいほどのおおらかさで、ワルツを踊るのが大好きだと言った。

「エスコートしてくれた相手とワルツを踊るのが最近の流行りなんですよ。でも、わたしのお相手はワルツが苦手なんです。わたしが相手役を免じてあげたら、あの方、きっと感謝するでしょう。あなたのお相手もワルツが踊れないか、好きではないみた

18　ピアノが誕生したのは十八世紀初頭のことで、まだ現代ピアノの基本的な構造は確立されていなかった。フランクフルトのゲーテ邸には音楽室があり、クリスティアン・エルンスト・フリーデリヒ（一七〇九～八〇）が製作したピラミッドピアノ（一七四五年製作、ゲーテハウスに現存）が置かれ、ゲーテは子どものときにピアノのレッスンを受けている。ゲーテ『詩と真実』第一部第四章参照。

19　十七、八世紀にヨーロッパで流行った、男女のペアが順番にパートナーを交換し、全員と踊るようにする集団舞踊。

20　十七世紀から十八世紀にかけてフランスの宮廷で流行った舞踊。のちにこの舞踊に使われる舞曲を指すようになった。

いですね。コントルダンスのとき、あなたが上手に踊るところを見ました。ワルツのときにいっしょに踊ってくださるおつもりなら、わたしの相手に断ってください。わたしもあなたのお相手に話してみます」

ぼくは手を差しだして約束し、ロッテの相手にぼくの相手と踊ってくれるように話を通した。

いよいよ、そのときが来た。しばらくは腕をいろいろに絡め合って楽しんだ。ロッテの身のこなしのなんと刺激的で、軽やかなことか！　やがてワルツがはじまった。みんな、ぐるぐるまわる天体のようだった！　でも、それははじめだけで、うまく踊れる者がすくなかったため、少し混乱気味になった。ぼくらは踊りの輪から離れて、ほかの組がぶつかるにまかせ、下手な連中が下がった頃合いにまた踊りだした。ぼくらはアウドランとその相手の組といっしょに思う存分踊った。あんなに軽々と踊ったのははじめてだ。ぼくはもう人間とはいえなかった。愛しい人を腕に抱いて、いっしょに電光石火のように飛びまわる。周囲のものがすっかり消え去った。――ヴィルヘルム、今後はぼくの愛する人、だいじな人には、ぼく以外のだれともワルツを踊らせないことにする。そのためにこの身が滅びようとも。わかってくれるかな？

ぼくらはひと息入れることにして、広間を少し歩きまわった。それからロッテは腰をおろした。あらかじめフルーツポンチのコーナーからくすねておいた、いまは残っていないレモンを輪切りにして砂糖を加え、さわやかな飲みものをこしらえて、ロッテのところへ持っていった。その飲みものがロッテの喉を潤した。ただし隣にすわった女性がカップの中のレモンをひと切れ、またひと切れとつまんだので、心穏やかではいられなかった。とはいえ、これしきのことで、めくじらを立てるわけにはいかなかった。

三度目のコントルダンスで、ぼくらは二番目の組になり、列を縫うようにして踊った。ぼくは喜びで胸がいっぱいになった。ロッテの腕の感触。心の底から満ち足りたようなまなざし。そのとき、若くはないが、かわいい表情をするので目についていた女性が微笑みながらロッテを見て、たしなめるように指を立て、すれ違いざまに、アルベルトという名を二度、意味ありげに口にした。

「アルベルトというのは、どなたですか？」ぼくはロッテに言った。「うかがってよければ」

ロッテが答えようとしたとき、ぼくらは大きな八の字を描くことになり、離れ離れになった。八の字が交差するところですれ違ったとき、ロッテが憂い顔なのに、ぼくは気づいた。

「隠すことでもありませんね」ロッテはプロムナードに移るため手を差しのべながら言った。「アルベルトはしっかりした方です。わたしの婚約者と言ってもいい人なんです!」

別に初耳ではなかった。途中、馬車の中で聞いていた。だが、ロッテがだいじな存在になったいまとなっては、図らずもまったく新しい意味を持つことになった。気が動転したぼくは、うっかり間違った組に割り込み、混乱を招いてしまった。ロッテが機転を利かせて引きもどしてくれたので、すぐに正常に戻ったけどね。

ダンスはまだつづいていたが、さっきから地平線の彼方《かなた》で光っていた稲光が激しさを増してきた。ただの稲妻だと言ったのは大間違いで、雷鳴はとうとう音楽をかき消すほど大きくなった。女性が三人、ダンスの列から離れ、エスコートしている男たちもあとを追った。みんな騒ぎだし、音楽が鳴りやんだ。楽しんでいる最中にこんな不運に見舞われ、恐怖を味わわされたのだから、その印象がふだんよりも強くなるのは当然のことだ。落差が激しく、生々しかったこともあるけど、ぼくらの感覚が研ぎ澄まされて、いつもよりも敏感だったせいもあるだろう。かなりの数の女性が恐怖に顔をゆがめていたのは、きっとそのせいだと思う。一番賢い女性は隅にすわって窓に背を向け、耳をふさいだ。別の女性はその前にしゃがみ込んで、最初の女性の膝に頭をうずめた。三人目はあいだに割って入って、涙をぼろぼろ流しながらふたりをかき抱いていた。中には家に帰ろうとする者もいた。また、どうしてよいかわからず、うろたえる女性もいた。これを好機とばかり、恐れおののく美女をつかまえて、天に向けて不安げな祈りを口にしたところを奪い取るように口づけするずうずうしい若者もいた。男たちの中には、のんびりパイプをくゆらそうと一階に下りていく者もいた。残りのぼくらは、女主人の機転で、鎧戸やカーテンのある部屋に案内された。その部屋に入ると、ロッテは椅子を丸く並べて、みんなをそこにすわらせ、なにかして遊びましょうと言った。

すると、遊びで負けた罰則の接吻を期待して早くも口を突きだし、背筋を伸ばす者たちがあらわれた。

「数え遊びをしましょう」ロッテは言った。「いいですか。わたしが右から左へまわります。それに合わせて数を言ってください。順番にね。すごい速さでまわりますよ。

つっかえたり、間違えたりしたら、ほっぺたを叩きます。それでは千までやりましょう」

なかなかの見ものだった。ロッテが片腕を差し出してまわっていく。「一！」最初の人が言う。隣の人が「二」、次が「三」というふうに進む。ロッテはだんだん足を速める。どんどん加速した。ひとりが間違えて、ぴしゃっと叩かれる。次の人が思わず笑って、これまたぴしゃ。ロッテはますます速くまわる。ぼくも二回ぶたれた。ぼくが食らった二発は、心なしかほかの人たちよりもきついような気がして、なんとなくうれしかった。みんな、腹を抱え、大いに盛り上がり、千までいかないうちに遊びは終わりになった。仲のいい者同士連れだって席をはずした。雷雨は過ぎ去っていた。ぼくはロッテについてホールに戻った。途中でロッテが言った。

「ぶたれているうちに、みんな雷雨もなにもかも忘れましたね」

ぼくは答えに詰まった。

「じつはわたし、だれよりも怖くて仕方がなかったんです」ロッテはつづけた。「でもみんなを励まそうと思ったら、勇気が湧いたんです」

ぼくらは窓辺に立った。遠くで雷がまだ鳴っていた。気持ちいいほどに雨が大地に降り注いでいた。さわやかな香りが温かな大気に乗ってこっちまで立ち上ってきた。ロッテは窓枠に肘をついて佇むと、あたりを見渡し、一度空を見あげてから、ぼくに視線を向けた。ロッテの目は潤んでいた。そして手をこっちの手の上に乗せて、こう言った――クロプシュトック。[21]

この合言葉でいわんとする感情が、激流となってぼくを押し包んだ。我慢できなくなって、ぼくは身を屈《かが》め、歓喜の涙を流しながら彼女の手にキスをした。それからもう一度、彼女の目を見た――崇高なる詩人よ！　この眼差しにこもったあなたへの崇敬の念を見せられないのが残念だ。今後はあなたの名前が冒瀆されるところを聞きたくない！

21　ドイツの詩人フリードリヒ・ゴットリープ・クロプシュトック（一七二四～一八〇三）を指す。当時イギリス文学で流行った、理性よりも感情を重視する感傷主義（センチメンタリズム、ドイツ語ではEmpfindsamkeit）の影響を受け、当時の若い世代の共感を呼んだ。だが彼の作風は意味が不明瞭として理性を重んじる啓蒙主義者から批判を受けた。ここでは頌歌「春の祝祭」（一七五九年、一七七一年改作）で描かれた情景が重ねあわされている。

＊

六月十九日

このあいだ手紙をどこまで書いたか忘れてしまった。覚えているのは、夜中の二時に就寝したことだけだ。手紙でなく、きみとおしゃべりできたら、朝まで語り明かせるのに。

舞踏会からの帰りになにがあったか、まだ伝えていなかったね。だけど、きょうもちゃんと書く時間がない。

とにかく素晴らしい夜明けだったよ。朝露に濡れた森と清々しい野原！ 連れの女性たちはうたた寝していた。ロッテがぼくにたずねた。

「あなたもお休みになってはいかがですか？ わたしのことなら、どうぞおかまいなく」

「あなたが目を開けてるあいだは、眠ったりしません」ぼくはそう言って、ロッテの目をまっすぐ見つめた。

ぼくらは眠ることなく、ロッテの家の門に着いた。使用人がそっと門を開けてくれた。ロッテが父親や子どもたちの様子を訊くと、みんないつもどおりで、眠っているという。ぼくは、今度は日のあるうちに会いましょうと言って別れた。そして約束を守った。日も月も星もいつも通り運行しているのに、昼夜の区別がつかず、まわりの世界などもはやどうでもよくなっている。

＊

六月二十一日

ぼくは幸せな日々を送っている。神が聖者に恵んだような日々と言ったらいいだろうか。この先、自分がどうなろうとかまわない。もっとも純粋な生の喜びをたしかにこの身で味わっているんだ。ヴァールハイムのことは知ってるね。ぼくはあそこに通いつめている。あそこからなら、わずか三十分でロッテのところに行ける。彼女のところで、ぼくは自分に立ちもどり、人間に与えられる幸福感のかぎりを味わっている。ヴァールハイムを散歩の目的地にしたとき、まさかあそこがこんなにも天国に近いところだとは思ってもみなかった！　ぼくの願望がすべて詰まった狩猟館を、遠出の道すがら、あるいは山の上や平地に立って、川越しに何度眺めたことだろう。

ヴィルヘルム、ぼくは考えているんだ。人間には、自分を開花させたい、新しい発見をしたい、放浪したいという願望がある。かと思うと、自分に制限をかけ、習慣という通い慣れた道を進み、よそ見をしたくないという内なる衝動もある。

思えば不思議なものだ。ここへ来て、丘の上から美しい谷を眺めて、このあたりの風景に心惹かれるなんて。森を見れば、その暗がりに分け入ってみたくなる！　山の頂を見れば、そこから広大な大地を見渡してみたくなる！　連なる丘と親しみ深い谷。あの中に溶け込んでしまいたい！——ぼくはいそいそと行ってみる！　そして取って返す。期待したものなど見つからないからだ。遠いところというのは、未来と同じだ。全体が大きくかすんで、ぼくらの心の前に漂っている。ぼくらの感情も目も、その中に溶け込む。そしてひたすら願うんだ！　自分の全存在を委ね、大きな素晴らしい喜びに浸りたいと。——ところが勇んで行ってみると、彼方《こなた》は此方となり、すべては元のまま。こっちはみすぼらしいままで、限界を感じる。そして魂は、飲みそこねた清涼飲料を欲して渇《かっ》する。

だからだろうな。あてもなくさすらう放浪者であっても、いつか故郷に帰りたくなる。そして自分の小屋に戻り、妻の胸に抱かれて休み、子どもたちに囲まれ、生計を立て、かつて荒涼とした広大な世界で探し求め、ついに得られなかった喜びをそこに見いだす。

ぼくは毎朝、日の出とともに家を出て、ヴァールハイムに向かう。例の店の庭でえんどう豆を摘み、すわって筋《すじ》を取りながらホメーロスを読む。それから小さな台所で鍋をひとつ選び、バターを溶かして、えんどう豆を火にかける。蓋をして、傍らにすわり、ときどきえんどう豆をかき混ぜる。そういうとき、ペーネロペー[22]に求婚した誇り高い者たちが牛や豚を切り裂き、焼いたという故事を思いだす。思いだしながらぼくが静かに実感したのは、たしかに家父長時代の暮らしの面影だ。しかもありがたいことに、いまのぼくの暮らしぶりなら、それをなんの衒《てら》いもなく織り込むことができる。

自分で栽培したキャベツを食卓にだすときの素朴で無邪気な喜びを味わえるとは、

22 オデュッセウスの妻。ホメーロス『オデュッセイア』第二十歌参照。

なんとうれしいことだろう。しかもそれはキャベツに留まらない。キャベツを植えつけた美しい朝とか、水やりをした穏やかな晩とか、大きく育ったのを見て喜びを覚えるときとか、日々是好日《にちにちこれこうじつ》といった感じが味わえるんだ。

＊

六月二十九日

おととい、地方行政長官のところに町医者が来た。ぼくは子どもたちと床を転げまわっているところを見られてしまった。子どもたちはぼくにかじりついたり、からみついたりし、こっちも子どもたちをくすぐったりして、大騒ぎの最中だった。謹厳実直な操り人形然としたその医者は、しゃべりながらカフスの折返しを気にしたり、襟のひだ飾りを引っぱりだしたりするような人物で、こっちを見て、分別ある人間にあるまじきことだといわんばかりの顔をした。そのくらい、鼻のあたりの表情を見ればすぐにわかる。ぼくは知らんぷりをし、小言を言われても気にせず、子どもたちが崩してしまったトランプの家を作り直した。その医者は町に戻ると、こんなふうにこぼしてまわったそうだ。

「地方行政長官の子どもたちはただでもしつけが悪いのに、あのウェルテルという男のせいで、目も当てられないありさまになってしまった」

そうなんだ、ヴィルヘルム、この世でぼくの心に最も近しい存在は子どもだ。子どもを見ていると、小さな存在に美徳の芽や、いずれ必要になるさまざまな能力の芽があり、それが開花するのがわかる。わがままな性格には、将来身につけるだろう不屈の精神が見てとれるし、奔放さには、この世のあらゆる危険をかいくぐるユーモア感覚と身軽さの片鱗《へんりん》がある。なににも毒されていない、ありのままの姿じゃないか！毎度、人類の師が宣《のたま》った金言が脳裏を過ぎる。

「子どものようにならなければ[23]」

ところで、ぼくらと同等であり、むしろぼくらが模範とすべき子どもたちを、大人は下に見る傾向がある。子どもに意志などあるはずがないだって？――大人にだって

23　『新約聖書』「マタイによる福音書」第十八章第三節からの引用。「決して天国に入ることはできない！」とつづく。本文ともに聖書協会共同訳からの引用。

ないじゃないか。大人が特権を得られるいわれはどこにあるんだ？――大人の方が歳をとっていて、賢いからかい？――

「天にまします主よ、この世にいるのは歳をとった子どもと年若い子どもだけ。それ以外はいません。どちらがあなたにとって喜ばしいか、あなたの子イエスが答えをだしています」

ところが、みんな、イエスの存在は信じても、その言葉には耳を貸そうとしない。昔からそうと相場が決まっている。そして子どもたちを自分と同じように育てる――

さようなら、ヴィルヘルム、こんなことを言い募るのは、もうこれくらいにしよう。

＊

七月一日

ロッテが病人にとってどんな存在かは、ぼくの哀れな心に照らしてみればよくわかる。病に臥せってやつれた病人よりも、こっちの方がずっと重症なのだから。ロッテは数日、町に出向いて、立派な婦人のところに逗留することになった。医者の話では、その婦人は余命いくばくもなく、ロッテに看取ってほしいのだそうだ。

ぼくは先週、ロッテと聖○○村にいる牧師を訪問した。一時間ほど山間《やまあい》に入ったところにある集落だ。ぼくらは四時頃出発した。ロッテはすぐ下の妹を伴った。二本の高いクルミの木が影を落とす牧師館に着いた。玄関脇のベンチに人のよさそうな年配の牧師が腰かけていた。ロッテに気づくと、牧師は生気を取りもどし、節だらけの杖を取るのも忘れて、ロッテの方へやってきた。ロッテも駆け寄り、牧師にすわるように促しながら、自分も腰かけた。まず父親からのあいさつを伝え、それからそばにいたかわいげのない、うす汚れた子どもを胸に抱いた。それは牧師が歳をとってから生まれた末っ子だった。そのときのロッテをきみにも見せたいくらいだ。耳が遠くなった牧師にも聞こえるように声を張りあげ、若くて頑健だった人が不慮の死を遂げたことや、とてもよく効くというカールスバート[24]の温泉の話をした。牧師が今度の夏にそこへ行くつもりだと言うと、それはいいと請け合い、この前よりもずっと具合がよさ

24　現チェコのカルロヴィ・ヴァリ。十四世紀に源泉が発見され、十八世紀には温泉地として発展し、有名になった。ゲーテものちに逗留している。

そうだと言って励ました。ぼくはそのあいだに牧師夫人にていねいにあいさつをした。牧師はすっかり元気になった。ぼくは心地よい影を落とす美しいクルミの木を誉めずにいられなかった。牧師は少ししんどそうだったが、由来を話してくれた。

「古い方はだれが植えたか知りません。あの牧師だという人もいれば、別の牧師だという人もいます。若い方は家内と同じだけ年輪を重ねています。家内はこの十月で五十歳になります。家内の父親が朝、そのクルミの木を植えると、その日の夕方、家内が生まれたのです。家内の父親はわたしの前任者で、この木を大事にしていました。わたしも、もちろん大事にしています。二十七年前、貧しい大学生のわたしがはじめてここを訪れたとき、家内は木の下に寝かせてあった丸太にすわって編みものをしていました」

ロッテが牧師の娘のことをたずねると、シュミット氏といっしょに、牧草地で働く労働者たちのところに行っているとのことだった。牧師はまた自分の話をつづけた。前任者に気に入られ、娘にも好かれたこと。そこでまず副牧師になり、それから跡を継いだこと。話が終わる前に、牧師の娘がシュミット氏なる人物といっしょに庭を抜けてきた。娘はロッテを温かく歓迎した。なかなかいい子だ、とぼくはその娘のことを思った。ふくよかできびきびした、栗色の髪の娘で、この人なら田舎でしばらく付き合うのによさそうだった。

娘の恋人（シュミット氏は最初からそういう振舞い方をした）は一見、上品で物静かな人物で、ロッテが何度話しかけても、会話に交ざろうとしなかった。といっても、口数がすくないのは、うまく頭がまわらないからではなく、身勝手で性格がひねくれてるかららしい。彼の表情からそう読み取れたので暗澹《あんたん》たる気持ちになった。残念ながら、これは気のせいではなかった。散歩に出たときのことだ。牧師の娘フリーデリーケはもっぱらロッテと並んで歩いたが、たまにぼくと並ぶこともあった。すると元々浅黒いシュミット氏の顔がますます暗くなったんだ。しばらくしてロッテがぼくの袖を引いて、フリーデリーケになれなれしくしないようにと注意した。それにしても、人間同士で苦しめ合うのはいただけない。とくに人生花盛りの若者なら、謳歌しさえすればいいのに、大事な日々をいがみ合って過ごし、かけがえのない時間を無駄にしたと嘆くくらい情けないことはない。ぼくはむしゃくしゃした。夕方、牧師館でパンをちぎって牛乳に浸しながら食べていたとき、この世の快楽と苦痛が話題に上ったのをいいことに、不機嫌になってもいいことはないと意見した。

「人はよく、よい日はすくなく、いやな日が多すぎると嘆きますね」ぼくはそう言って、口火を切った。「しかし、たいていは正しくないと思うんです。神が毎日授けてくれるよいことを素直に享受するなら、災いが起きても、充分に耐えられるはずです」

「けれども、気持ちというのは思うようにならないものですよ」牧師夫人が応じた。「体調にも左右されますしね！　具合がよくないと、なにをやっても満足できないものです」

ぼくはその意見にうなずいて言った。

「それなら病気と見たらどうでしょう。そして治す薬はないかと考えてみるんです！」

「一理ありますね」ロッテが言った。「気の持ちようってあると思うんです。自分の経験ですけど、いらいらが嵩《こう》じて不機嫌になったときは、庭に出て、コントルダンスの曲を口ずさみながら歩きまわることにしています。するとすぐ気分が晴れます」

「わたしが言いたいのもそれです」ぼくは言った。「不機嫌というのは、怠惰とまったく同じなのです。怠惰の一種と言ってもいい。それがわたしたちの性なんです。けれども、ひとたび奮起する気になれば、仕事も捗り、活動することに真の喜びを見いだすでしょう」

フリーデリーケはじっと耳を傾けていた。すると若いシュミット氏が異議を唱えた。

「自分を律することなんてできるものでしょうかね。自分の感情を意のままにするなんてむりでしょう」

「いま問題にしているのは、不機嫌という感情です」ぼくは応酬した。「だれもそんな感情を抱えたいとは思っていないはずです。試してみなければ、どこまでやれるかなんてわからないでしょう。病気になれば、あらゆる医者に相談し、健康になるためなら、どんなことでも我慢して、苦い薬も厭わず飲むじゃありませんか」

そのとき、牧師も話に加わろうとして熱心に聞き耳を立てていることに気づいた。ぼくは彼にもわかるように声を張りあげた。

「人間のさまざまな悪癖をいましめるお説教はありますが、不機嫌を糺《ただ》す説教はいまだかつて聞いたことがありませんね」[25]*——

* いまではラーヴァターによる適切な説教がある。とりわけ「ヨナ書」をめぐる説教が。

「それは町の牧師の役目でしょう」牧師は言った。「農民には不機嫌になる暇などありません。でも、たまにはそういう説教もいいかもしれませんね。家内にはいい薬になります。それから地方行政長官殿にも」

みんなが笑った。牧師も笑いがとまらず、咳《せ》き込んで、話は一時中断した。すると、シュミット氏がまた口をだした。

「あなたは不機嫌を悪癖とおっしゃるが、それは言い過ぎでしょう」

「とんでもない」ぼくは答えた。「自分にも、まわりの人にも害になることは、れっきとした悪癖です。幸せを分かち合わないだけでは飽き足らず、どんな人にだってあってしかるべき楽しみまで奪う必要があるでしょうか。不機嫌でいながら、それをうまく隠して、自分ひとりで抱え込み、周囲の喜びを台無しにしないでいられる人がいたら教えてください。それとも不機嫌は、自分の至らなさへの不満のあらわれでしょうか。自分が気に入らなくて不機嫌になるのだとすると、くだらない見栄を張ることで生じる焼きもちが、不機嫌の元凶ということになりますね。つまり、幸せにしてやった覚えもないのに幸せになっている人がいる、それが我慢ならないというわけです！」

ロッテが、身ぶりをつけてしゃべるぼくを見て、微笑みかけてきた。フリーデリーケは目に涙を浮かべていた。ぼくは調子に乗ってさらにつづけた。

「自然に芽生える素朴な喜びを力ずくで奪おうとする者に災いあれ。ひとたび焼きもちのせいで不機嫌になった暴君によって折角の楽しみを台無しにされてしまったら、この世のどんな贈りものやお世辞をもってしても取り返しはつかないでしょう」

この瞬間、胸がいっぱいになった。昔の思い出の数々がぼくの魂に押し寄せた。ぼくは目に涙を溢れさせ、思わず声を張りあげた。

「毎日、自分にこう言い聞かせるんですよ。友人の邪魔をせず、友人の幸せをいっしょに味わうことで、その幸せをもっと増やしてやろう。友人の魂が悩ましい情熱に身悶えし、苦しみに苛まれていたら、鎮痛剤の一滴でも与えてやったらいいじゃないか、と。

花の盛りにあなたがすげなくした女性が不治の病にかかって、やつれはてた姿で寝

25　ヨハン・カスパー・ラーヴァター（一七四一～一八〇一）、スイスの改革派牧師、思想家。近代観相学の祖として知られている。

込んでいるとしましょう。目はうつろで、天を仰ぎ、額には今際《いまわ》の際の汗をにじませています。あなたは呪われたように枕元で立ち尽くし、自分の力ではなにもしてやれないと観念し、不甲斐なさに身悶えするでしょう。そして死にゆく彼女の心に少しでも慰めと元気を与えられるなら、なんでもしたいという気持ちでいっぱいになるはずです」

実際に出くわしたそういう思い出が、言葉にするなり、猛烈な勢いでぼくに襲いかかってきた。ぼくはハンカチを目にあてて、席をはずした。

「帰りましょう」と呼びかけるロッテの声が耳に入って、やっと我に返った。帰る途中、ロッテからずいぶん小言を食らった。

「熱くなりすぎです！　そんなことでは自分をだめにしてしまいますよ！　自分を大事にしなくては！」

ああ、天使よ！　あなたのために、ぼくは生きなくては！

＊

七月六日

ロッテは瀕死の女友だちを看病している。いつもと変わらず、どんなときでもやさしく病人に接し、できるかぎり苦痛を和らげ、病人の気分を明るくする。昨晩、ロッテはマリアンネと幼いマールヒェンのふたりを連れて散歩に出た。そのことを知っていたぼくは、三人と合流していっしょに散歩をした。一時間半ほどして、町へ戻ってきたとき、お気に入りの泉を通りかかった。泉は一千倍も価値が上がることになった。ロッテが泉の塀に腰かけたからだ。ぼくはあたりを見まわした。するとどうだ！　孤独だったときのことが脳裏によみがえった。

「愛しの泉よ」ぼくは言った。「しばらくきみのところで涼むことがなかったね。急いで通り過ぎるばかりで、きみに一瞥もくれないときもあった」

見下ろすと、マールヒェンがせっせとグラスに水を汲んで、上がってくるところだった。ぼくはロッテを見て、彼女にぞっこんなのを自覚した。

そうこうするうちに、マールヒェンがグラスを持ってきた。マリアンネがそれを取ろうとすると、マールヒェンは、かわいらしい表情でこう叫んだ。

「だめよ。ロッテに先に飲んでもらうんだから！」

ぼくはマールヒェンの心根の優しさに感動して、その気持ちをあらわそうと、その子を抱きあげて、思いっきりキスをした。するとマールヒェンは悲鳴をあげ、泣きじゃくってしまった。

「ひどいことをなさるのね」ロッテが言った！

ぼくは愕然とした。

「いらっしゃい、マールヒェン」そう言うと、ロッテはマールヒェンの手を取って、階段を下りていった。「新鮮な泉で洗うといいわ。ほら、早く。そうすればもう大丈夫よ」

ぼくが呆然と立ち尽くしていると、マールヒェンは手に水をつけてほっぺたをごしごしこすった。霊験あらたかな泉の水でふけば、汚れはきれいに落ち、醜いひげが生えてくることはないと固く信じているようだった。

「ほら、大丈夫でしょ」とロッテが言っても、マールヒェンはごしごしふきつづけた。念には念を入れてというわけだ。ヴィルヘルム、じつを言うと、これまで同席したどんな洗礼式でも、これほど神妙になったことはない。階段を上がってきたロッテが民《たみ》草《くさ》の罪をことごとく払う預言者のように見えて、彼女の足元に平伏したくなった。

その晩は感動醒めやらず、ある男を相手にそのときのことを話さずにいられなかった。その男は物わかりがよく、人情味があると思っていたんだ。ところがどうだい。その男がこう言ったんだ。

「ロッテのやり方はまずいね。子どもに嘘をついてはいけない。そういうことが誤解や迷信にとらわれるきっかけになる。だから、子どもがそうならないように早いうちに気をつけなくては」

そのとき思いだした。その男は一週間前に自分の子に洗礼を受けさせていたんだ。そいつの言葉を聞き流して、ぼくは内心こう思った。神だってぼくらを幸せにするときには、心地よい妄想を抱かせてくれる。ぼくらも子どもに同じことをしてどこが悪いんだ、とね。

＊

七月八日

ガキまるだし！　目を合わせたくなるなんて！　まったくガキまるだしだ！

ぼくらはヴァールハイムへ出かけた。女性たちは馬車で繰りだした。いっしょに散歩するあいだ、ぼくはロッテの黒い瞳を——だから馬鹿なんだ。こんなことを書いてすまない。だけど、きみにも彼女の目を見せたい。じつを言うと、眠たくていまにもまぶたが落ちそうなんだ。で、また馬車に乗り込み、馬車のまわりに若いＷとゼルシュタットとアウドラン、それにぼくが立っていた。女性たちは馬車の扉越しにぼくらとおしゃべりをはじめた。男連中はすっかり浮かれていた。ぼくはロッテの目を捜した！　ロッテの目は男たちを順に見るばかり！　ぼくのことは！　そう、なんとぼくのことは！　ロッテのことでこれほど悶々としているのに、ちっともこっちを向いてくれなかったんだ！　ぼくの心は千々に乱れ、さよならを言った！　結局、ロッテはこっちを見なかった！　馬車が走りだし、ぼくの目に涙が浮かんだ。ぼくはロッテを見送った！　そのときロッテの髪飾りが扉の窓から見えたんだ。ロッテが振り返った。ああ！　ぼくを捜したのだろうか？——まいったよ！　結局わからずじまいだ！

ぼくは自分を慰めている。きっとこっちを振り返ったのだ、と。おそらくそうだ——

おやすみ！　ぼくは本当にガキまるだしだ！

＊

七月十日

人が集う席でロッテが話題になると、ぼくはついつい醜態を晒してしまう。彼女を気に入ったかなどと訊かれた日には目も当てられない。――気に入ったかだって？　その言葉をぼくは死ぬほど憎む。彼女に自分の感性のすべてを捧げずに気に入ったと言うなんて、どこのどいつだ。気に入ったかだって？　そういえば先日、オシアン[26]は気に入ったかとぼくに訊いた者がいたっけ。

26　古代ケルトの伝説的吟遊詩人。スコットランドの詩人マクファーソン（一七三六～九六）が十八世紀に、オシアンの詩をゲール語から英訳した（実際にはそのほとんどが創作とされている）と称して発表し、ヨーロッパ各地で反響を呼んだ。『オシアン作品集』（一七六〇～六五）の最初のドイツ語訳は一七六八年。

＊

七月十一日

M夫人の容体がよくない。ぼくは夫人の回復を祈っている。ロッテと会うのも我慢しているのだから。実際、女友だちのところでたまに会うだけだ。きょう会ったら、いい話をしてくれた。夫のM氏はケチで評判の人物で、奥さんをさんざん困らせてきた。それでも夫人はなんとかやりくりしてきた。数日前、医者から回復の見込みがないことを知らされると、彼女は夫を呼んだ。ロッテもちょうど部屋に居合わせた。夫人は夫にこう言ったそうだ。

「わたしが死んだあと、いざこざが起こるといけないので、ひとつ言っておきたいことがあります。わたしはこれまで家計をできるだけ切りつめてきました。ただ、三十年間あなたを騙してきたことがあります。それを許してほしいのです。あなたは結婚したての頃、台所などの家事のためにわずかな額しか渡してくれませんでした。その後、商売が大きくなり、我が家の出費がかさむようになっても毎週くださる家計費はふやしてくださいませんでした。物入りだった時期でも、週あたり七グルデン[27]でなんとかしろとおっしゃいましたね。わたしは口答えしないで七グルデンいただき、超過分は毎週お店の売上げ金でこっそり埋め合わせました。まさか店主の妻が売上げ金をちょろまかすとはだれも思わなかったようです。無駄づかいはしていません。ですから、こんなことを打ち明けなくても安らかな心であの世へ行けるはずです。ただわたしの仕事、家事を切り盛りすることになる後添えに、先妻はそれでやっていたとあなたが言い張ったりすると大変ですので申しあげておきます」

人間の感覚は信じられないほど惑わされるものだということを、ぼくはロッテと話した。七グルデンしか渡さずにいて、暮らし向きにその二倍はかかってるとわかったら、裏になにかあると疑ってもよさそうなものなのに、と。もっともぼくの知り合いの中にも、永遠に尽きることのない不思議な油壺[28]が家にあると言われて一切疑いを抱

27　古くからドイツで使われていた通貨のひとつ。元は金貨だったが、十八世紀には銀貨が主流となる。参考までに一八二〇年の一グルデンの価値は現代のユーロに換算すると約二十四ユーロとされる。出典は https://www.eurologisch.at/docroot/waehrungsrechner/#/

かない連中がいるけどね。

＊

七月十三日

やはり、間違いない！　ロッテの黒い瞳を見れば、彼女がぼくのこと、ぼくの運命を気づかっているのがわかる。たしかに感じるんだ。ぼくは確信している。ロッテは——こんな天の至福とも言えることをはたして口にしていいものだろうかと思いつつ——ロッテはぼくを愛してくれているんだ。

これは思い上がりかな？　それとも真実の関係が生む感情ってことかな？　これでもうロッテの心の中にだれがいようと、ぼくは怖くない。それでもロッテが愛情のこもった温かい口調で婚約者のことを話すと、ぼくは名誉と尊厳を奪われ、剣を取りあげられてしまったような気分になる。

＊

七月十六日

ぼくの指がうっかりロッテの指に触れたり、テーブルの下で足がぶつかったりすると、体中をかっと血が駆けめぐる。火に触れたかのようにはっとして手や足を引っ込め、すぐにまた不思議な力に引きつけられ、すべての感覚が麻痺してしまう。ああ、だけど彼女は無垢で屈託がないから、そんなちょっとした触れあいがぼくをどんなに身悶えさせてるか気づいてもいない。ロッテはおしゃべりをしながらこっちの手に手を重ねたり、話に熱が入ってこっちに体を寄せたり、彼女の口から漏れる素敵な吐息がぼくの唇に届いたりすることもある。——そんなとき、ぼくは雷に打たれたようにくずおれそうになる。ヴィルヘルム、そのうち変な気を起こして、この天国、この信頼を——きみならわかるね。ぼくの心はそんなに堕落していないぞ。軟弱だ！　なん

28　『旧約聖書』「列王紀略」上、第十七章第十節〜第十六節で語られる逸話。

て軟弱なんだ！　これって、堕落したってことかな？

ロッテはぼくにとって神聖だ。彼女の前ではどんな欲望も鳴りをひそめる。彼女のそばにいると、気が動転して、我を忘れてしまうんだ。ロッテがピアノで弾いてくれる曲がある。天使の御業《みわざ》かと思わせるような弾き方で、シンプルでありながら、才気に溢れてる。よほど好きな曲らしく、彼女が最初の旋律を弾くだけで、ぼくは一切の苦しみと迷いとふさぎの虫から解放される。

昔の音楽には魔力があったと言われるけど、まんざら嘘でもなさそうだ。素朴な曲がこれほど胸を打つんだからね。しかもロッテは、ぼくが頭に銃弾を一発撃ち込みたくなるときにかぎって、よくその曲を弾いてくれる。すると心の迷いが晴れ、闇が霧散して、ぼくはほっと息をつくことができる。

＊

七月十八日

ヴィルヘルム、ぼくらの心にとって、愛なき世界とはなんだろう？　明かりがともっていない幻灯機と同じだ！　ところが明かりを入れると、たちまち白い壁に色とりどりの像があらわれる！　それがほんのつかのまの幻影であっても、その前で無邪気な子どものように不思議な映像に魅了され、いつだって幸福を味わえるじゃないか。きょうはロッテのところへ行けなかった。欠かせない集まりがあったんだ。それでどうしたかと言うと、うちで使っている少年を代わりにロッテのところへ行かせた。こうすれば、きょうロッテのそばにいた人間といっしょにいることができるからだ。少年を待ちこがれ、戻ってきたときはめちゃくちゃうれしかった。本当は頭をかき抱いてキスしたいくらいだったけど、恥ずかしいからやめた。

ボローニャ石というのがあるだろう。昼間、日に当てておくと、日光を吸い込んで、夜中しばらく発光する。使いの少年はぼくにとってまさにその石のようなものだった。少年の顔、頬、上着のボタン、外套の襟、そこにロッテのまなざしが注がれたかと思うと、すべてがとんでもなく神聖で貴重なものに思えた。ターラー銀貨[29]を千枚くれると言われても、その少年を手放したりしなかっただろう。少年のそばにいるだけでうれしかった。——どうか笑わないでくれ。ヴィルヘルム、ぼくらを幸せにしてくれるのは幻影ってことでいいだろう?

*

七月十九日

朝、目を覚まし、晴れ晴れした気持ちで美しい太陽を仰いで、ぼくは叫んだ。

「きょうはロッテに会うぞ。ロッテに会うんだ!」

そして一日中、そのことばかり願っている。そのことしか頭にない。

*

七月二十日

公使[30]のお供として○○へ行くようにということだが、どうしてもきみたちのアイデアに乗る気になれない。宮仕えがあまり好きではないし、知ってのとおり、公使はいけすかない奴だ。母はぼくに活動してほしいのだ、ときみは言うけど、笑っちゃうね。いまだって活動しているじゃないか。数えるのがえんどう豆だろうと、レンズ豆だろうと、結局は大差ない。この世なんて、くだらないものだらけだ。他人のため、金や名誉といったもののために、汗水垂らして働くなんて馬鹿のすることだよ。

＊

七月二十四日

絵のことは話題にしたくないけど、ぼくが絵を疎《おろそ》かにしていないかと、きみが気

29 ドイツの古い通貨のひとつ。十八世紀には中部および南部ドイツで広く使われていた。

30 アルベルトのモデルであるゲーテの友人ヨハン・クリスティアン・ケストナー（一七四一～一八〇〇）のゲーテ宛の手紙によると、ウェルテルのモデルである法律家カール・ヴィルヘルム・イェルーザレム（一七四七～七二）はブラウンシュヴァイク゠ヴォルフェンビュッテル侯国の公使、宮廷顧問官ヨハン・ヤーコプ・フォン・ヘフラー（一七一七～八一）の部下になっていた。

にしているようだから言っておく。このところほとんど描いていない。

これまでこれほど幸せを感じたことはない。足元の石や草に至るまで、自然をこんなにしみじみと感じたことなんてなかった。だけど――どう言ったらいいかな。描こうという気が失せてしまったんだ。あらゆるものがぼんやりとぼくの心の前を漂っているだけで、輪郭がつかめない。粘土か蠟を使えば形を作ることができるかもと思ったりしている。こんな調子がつづくようなら、本当に粘土をこねくりまわすことになりそうだ。できあがるのはケーキだったりしてね。

ロッテの肖像を三回描こうとしたけど、三回ともうまくいかなかった。このあいだは途中まですごくうまくいっていたから、悔しいったらなかった。だからそのあと彼女の影絵[31]を作ってみた。それで満足するしかない。

*

七月二十六日

ぼくはもう何度となく、ロッテに会いにいくのを控えようとした！　だが耐えられるわけがない！　毎日誘惑に負け、あすは行かないぞと誓いを立てる。ところが、そのあすが来ると、またぞろ訪ねる理由を見つけ、いつのまにか彼女のところにいる。夕方、「あすもおいでくださるのでしょう？」と言われるんだからね――行かずにいられるかい？　あるいは、いい天気だったりすると、ぼくはヴァールハイムに足を延ばす。ヴァールハイムまで来たら――ロッテのところまでたったの三十分だ！　彼女がまとう空気を身近に感じると、ひょいとそこへ行ってしまう。祖母が昔、磁石山のおとぎ話《メルヘン》[32]を語ってくれたことがある。船が近づきすぎると、金具がことごとくはずれ、釘がその山に向かって飛び、哀れな人々はばらばらになって崩れ落ちる木の板共々海の藻屑《もくず》になったという話さ。

31　黒いシルエットで人の横顔を表現する影絵は十八世紀ヨーロッパでは流行っていた。観相学者ラーヴァターが自著で人間の顔のタイプを分類するのに影絵を使用し、人気のきっかけになったと言われている。画家ゲオルク・メルヒオール・クラウス（一七三七～一八〇六）による女性の影絵を眺める若いゲーテを描いた絵（一七七七年制作）が残されている。また、ゲーテ自身、ロッテのモデルとされるシャルロッテ・ブフの影絵を作っている。

32　『千一夜物語』に類似した話がある。

＊

七月三十日

アルベルトがやって来た。ぼくはここを去ることになるだろう。彼は最高の男らしい。気品が備わってるんだと思う。ぼくなんて逆立ちしたってかなわないに決まってる。それでも、あの完璧な人を所有しているところを見せつけられるのは我慢ならないな。所有！――もうたくさんだ、ヴィルヘルム。婚約者の登場だ。立派で好感の持てる男。仲良くしなければならない。幸い出迎えのときに居合わせなかった！その場にいたら、胸が張り裂けただろうな。彼はとても紳士的で、ぼくのいるところではまだ彼女にキスをしていない。立派なものだ！それだけロッテに敬意を示しているんだから、こっちも彼を愛さざるをえない。彼はぼくに対しても好意的だ。しかし彼自身の気持ちというより、ロッテの意向だろう。女性はそういうことがうまいし、それでいいんだ。ふたりの男を仲良くさせておけば、得をするのは女性だ。もっともなかなかうまくいかないものだけどね。

それにしても、アルベルトには感心する。彼の鷹揚《おうよう》さときたら、落ち着きのなさをすぐさらけだしてしまうぼくとは雲泥の差だ。気が利くし、ロッテがどんなに素晴らしい女性かよくわかってる。機嫌を損ねることなんてほとんどなさそうだ。きみも知ってのとおり、不機嫌とはぼくがなにより忌み嫌っている人間の罪だ。アルベルトはぼくをセンスのいい男だと思っている。そのぼくがロッテにぞっこんで、彼女の一挙手一投足にうきうきするのを知って、ひそかに悦に入り、ロッテをますます愛するようになっている。彼がたまにはつまらない焼きもちを焼いてロッテを困らせているかどうかは知らないが、ぼくだったら、嫉妬という悪魔から無事ではいられないだろう。

それはともかく、ロッテのそばにいるという喜びは味わえなくなってしまった！　愚かしいことと言うべきか、目が眩《くら》んでいたと言うべきか――言い表したってしょうがない！　事実に語らせればいい！――アルベルトが来る前から、こうなるとわかっていた。ロッテに求愛してはならないことは知っていたから、事実求愛しなかった。――つまり、あのかわいらしさを前にして欲望を抑えられるかぎりにおいてだけどね。別の男が本当にやってきて、女を奪われてから、驚き慌てている間抜けな男というわけさ。

ぼくは歯ぎしりをして、みじめな自分を嘲っている。だけど、どうせどうにもならないのだからあきらめた方がいいなんて言う奴がいたら、二倍三倍にして笑いものにしてやる。――そんな連中は首をはねてやる！――ぼくが森を彷徨《さまよ》い歩いて、ロッテのところへ行くと、アルベルトが決まって庭園の四阿で彼女と並んですわってる。こっちはどうしていいかわからず、羽目をはずしておどけて見せたり、馬鹿な真似をしたりする。きょうロッテに言われたよ。

「お願いですから、昨晩のようなことはなさらないで！　あなたがおどけるところなど見ていられません」

ここだけの話だけど、アルベルトに用事ができて留守になるときを狙って訪ねているんだ。ロッテがひとりでいるとき、ぼくはいつも幸せになれる。

＊

八月八日

勘弁してくれ、ヴィルヘルム！　あきらめろなどと言う奴は首をはねてやるとたしかに書いたけど、もちろんきみのことじゃない。きみまでがそういう意見だとは思わなかった。結局のところ、きみの言うとおりだ！　ただひとつだけ言っておきたい。この世に二者択一なんてめったにないってことさ。感情や行動には幅がある。ワシ鼻とダンゴ鼻のあいだにいろんな形があるようにね。

だから、きみの意見を一応認めたうえで、やっぱりどちらにも決めずに、なんとか抜け道を探してみる。どうか気を悪くしないでくれ。

ロッテに期待するか、しないか、ふたつにひとつだときみは言う。いいだろう！　期待するなら、とことん願いを追求して、それが成就するよう頑張ればいい。期待しないなら、気力を削りとる惨めな感情など勇気をだして振り払うべきだ。きみはそう言うが——口ではなんとでも言える。

徐々にではあるけど、確実に死に至る不幸な人がいるとする。いっそひと思いに短刀を刺して早く苦痛を終わらせた方がいいなどと、きみは勧めるのかい？　そんなことをすれば、気力を蝕《むしば》む不幸は、そこから脱しようとする勇気まで奪うことにならないかい?

きみも似たようなたとえを持ちだすかもしれないね。ぐずぐずしていて命を危険にさらすくらいなら、腕を切ったほうがましだ、とか言って。——でも、どうかな?——たとえの応酬なんてやめようじゃないか。もうたくさんだ——そうさ、ヴィルヘルム、ぼくだって、勇気をだして立ち上がり、すべてをかなぐり捨てようと思うときがあるんだ。どこへ行けばいいかわかっていれば、本気で出ていくんだけどな。

*

八月十日

こんな頓馬《とんま》でなければ、幸せいっぱいの生活が送れるはずなのに。心躍る条件がこんなに都合よくつづくことなんて、めったにあることじゃない。でもいまのぼくはまさにそういう状況にある。思うに、幸せになれるかどうかは心がけ次第なんだ! 素敵な家族の一員になり、そこの主人から息子のように愛され、子どもからは父親のように慕われ、そしてロッテからも。——そしてあの誠実なアルベルトは、気まぐれからぼくの幸福に水を差さず、心から友情を示し、ロッテの次にぼくを気に入ってくれている――ヴィルヘルム、アルベルトとぼくが散歩をして、ふたりでロッテのことを話すところを聞いたらおもしろいだろうな。こんなに微笑ましい光景などこの世にあったためしがないはずだ。それなのに、ぼくはつい目に涙を浮かべてしまう。

　アルベルトからロッテの立派な母親の話を聞いた。臨終の床でロッテに家と子どもたちを託し、アルベルトにはロッテのことを頼んだそうだ。それからというもの、ロッテは見違えるようにしっかりし、家事をこなし、本気で母親代わりになったし、どんなときでも、子どもたちへの愛情を示し、家事を怠らず、しかもそれでいて快活さを失わなかったという。ぼくはアルベルトと並んで歩きながら、道端の花を摘み、ていねいに花束をこしらえ――それからそばを流れる川の中にその花束を投げ、ゆらゆらと川下に流れてゆくのを見送った。きみに書いたかどうか覚えていないけど、アルベルトはこの地にとどまり、宮廷から役職をもらって、いい暮らしができるようになった。彼は宮廷で覚えがめでたいんだ。あんなに仕事がきちんとできて、手を抜かない人物をほかに見たことがない。

*

八月十二日

アルベルトはこの世で一番の人物だ。きのうは素晴らしい話ができた。馬で山へ行ってみたくなって、ぼくは別れの挨拶をしに彼のところへ寄ったんだ。じつはいま山でこの手紙を書いてる。彼の部屋の中を行ったり来たりして、ふとピストルが目にとまった。

「そこのピストルを貸してくれないかな？　旅の供にしたい」とぼくは言った。

「いいとも」アルベルトは言った。「弾をこめる労をとるのならね。そのピストルはただの飾りにかけてあるんだ」

ぼくはピストルを一丁とった。アルベルトがつづけて言った。

「用心するつもりでとんでもない失態をやらかしてね。それっきりピストルとは縁を切っている」

ぼくは興味を引かれ、どんな顚末だったのかたずねた。

「田舎で暮らす友人のところに三ヶ月ほど滞在していたときのことさ」アルベルトは話しはじめた。「小型ピストルを二丁[33]携えていたけど、弾込めしないで平気で眠っていた。ただある雨模様の午後、所在なくすわっていて、賊に突然襲われることだってある、小型ピストルが必要になるぞって不意に思ったんだ。――この感じ、きみにもわかるだろう。わたしはピストルを使用人に渡して、掃除をして弾を込めておくように言いつけた。するとその使用人は数人の家政婦とおふざけをはじめ、脅かそうとしたんだ。そのときはずみで暴発してしまった。槊杖《さくじょう》[34]がまだ銃身に挿さったままで、それが発射されて家政婦の右手親指の付け根に刺さり、親指を吹き飛ばしてしまった。大騒ぎになり、おまけに治療代を払わされた。それから銃には弾を込めないことにしている。いいかい、用心をしたってだめだ！　危険はどこにでも転がっているのさ！　ただし……」

アルベルトのことはとても好きだが、この「ただし」はいただけない。もちろん一

33　ひとつないしはふたつの弾丸を備えた小さな前装式ピストル。
34　前装式銃に弾丸を装填するための棒。

般論に例外が付きものなのは当然だ。だけどこの御仁ときたら、議論が先走りすぎたり、一般的だったり、中途半端だったりすると、「ただし……」と言って弁解する。際限なく限定したり、訂正したり、付け足したり、削ったりして、肝心の本題がなにかわからなくしてしまう。ピストルの件でもいたずらに深入りした。ぼくは聞く気がしなくなり、いらいらしてとっさにピストルの銃口を自分の右目上方の額に押しつけた。

「やめたまえ」アルベルトはそう叫ぶと、ぼくからピストルを取りあげた。「なんの真似だ？」

「弾は入ってないんだろ？」

「入っていなくたって、そんなことをするもんじゃない」アルベルトはいらだって言った。「自分を撃とうとする馬鹿な人間がいるなんて、考えただけでぞっとする」

「きみのような人間は」ぼくは大声をだした。「なにかにつけすぐ、それは馬鹿げている、それは賢明だ、それはいいことだ、それはよくないと決めつける！　一体なんなんだ？　裏にどんな事情があるか、どのくらい調べてみたんだい？　それがなぜ起きたか、なぜ起こらねばならなかったか、その原因をきちんと説明できるのかい？

そうするなら、そんな性急に判断を下したりしないはずだ」

「きみも認めることだろうが、ある種の行為は、動機の如何《いかん》にかかわらず、罪悪たりうるものだよ」

ぼくは肩をすくめて、同意しつつこうつづけた。

「けれども、そこにも例外はある。たしかに盗みは罪悪だ。しかし自分と家族を餓死から救うために盗みをはたらいた人間には同情すべきだと思うが、やはり罰するのかい？　不実な妻と不届きな間男《まおとこ》に当然の怒りをぶつけて死に追いやった夫に、だれが石を投げるかな？　歓喜に満ちたひと時に、愛の喜びを抑えきれずに我を忘れた娘がいるとして、それを責められるだろうか？　法律という冷酷な代物だって、心を動かされて、罰することを控えるだろう」

「それは別の話だ。激情に駆られた人間は自制心を失ってしまう。自分に酔っていたり、正気をなくしたりした者と同じだ」

「分別のある人間はこれだからな！」ぼくは微笑みながら叫んだ。「激情！　自分に酔う！　正気をなくす！　きみたち聖人君子は涼しい顔で、我関せず、自分に酔ってる者を叱りつけ、思慮に欠ける者を蔑《さげす》んで、聖職者みたいに知らんぷりを決め込み、パリサイ派[35]のように、自分をそんな連中とは違う人間にこしらえてくれたことを神に感謝する。ぼくは何度も自分に酔ったことがあるし、ぼくの激情はいつも狂気と紙一重だった。だけど後悔なんてしていないよ。すごいことやありえないことをする非凡な人間は、えてして自分に酔っているとか、正気をなくしていると昔から言われているからね。

だけど、自由で気高く、予想を覆す行動に出た者を自分に酔っている愚か者だと陰口を叩くのは、普段の生活でも聞くに耐えないことだ。きみたち理性のある者は恥を知るべきだ。きみたち賢者は恥を知るべきなんだよ」

「また虫の居どころが悪くなったようだね。きみはなんでもおおげさに考えるからな。自ら命を絶つことを偉大な行為と同列に置くのは、いくらなんでもむりがある。自ら命を絶つことは人間の弱さのあらわれだ。辛い人生に耐えて生きるよりも死ぬほうが簡単だからね」

ぼくは話を打ち切ることにした。なにが嫌《いや》って、こっちが本気で話しているのに、ありきたりの常套句で応じる手合いほど頭にくる奴はいない。けれども気を取り直した。耳にたこができていたし、さんざん腹立たしい思いをしてきたからね。そこでぼくは少し語気を強くして言い返した。

「それを弱さと呼ぶのか！　いいかい、見かけに騙されちゃいけない。暴君のひどい軛《くびき》に喘《あえ》ぐ民衆がついに反乱を起こし、鎖を断ち切ろうとするとき、それを弱さと呼んでいいものかな。家が火事になった人が馬鹿力をだして普通なら動かせないようなものを楽々と運びだすことがある。あるいは侮辱された人が怒りを爆発させ、六人を向こうにまわして、こてんぱんにのしてしまうこともある。それを弱さと呼ぶのかい？　頑張ることが強さだとするなら、頑張りすぎることはどうしてその逆になるんだ？」

アルベルトはこっちを見て言った。

「こう言っては悪いが、きみがあげた例はいまの場合に当てはまらないと思う」

「そうかもね。ぼくの発想はときどき突飛すぎるって批判される！　それなら、背負って楽しいはずの人生というお荷物をかなぐり捨てる人間がどんな気持ちでいるか、

35　ここでは紀元前後の時代に活動したユダヤ教の一派を指す。律法を厳格に守ることを主張する排他的傾向があり、キリストは偽善的として非難した。

別の方法で探ってみようじゃないか。だって、同じ気持ちになれなければ、語る資格なんてないからね」

そしてこうつづけた。

「人間の本性にはおのずと限界がある。喜怒哀楽も苦痛もある程度までは耐えられる。けれども限度を越えるともうだめだ。だから問題は弱いか強いかじゃないんだ。苦しみにどこまで耐えられるかが問題なんだよ。これは道徳上の限度でも、肉体的な限界でも言えることだ。というわけで、熱病で死ぬ人を弱虫呼ばわりすることがおかしいなら、自分の命を絶つ人を弱虫だと言うのも妙な話になる」

「詭弁だ！　詭弁もはなはだしい！」アルベルトが大声をだした。――

「そうでもないさ。病に侵されて気力を失い、体が言うことを聞かず、自力で立ち上がることもできず、一縷《いちる》の望みに懸けても元気になれないとき、それを死に至る病と呼ぶ。それはきみも認めるね。

ではこれを精神に当てはめてみよう。人間はいろいろな制約に縛られ、いろいろな印象に影響され、いろいろな観念に取り憑かれているものだけど、熱情が沸き上がって、冷静に考える力をことごとく奪い去り、人間を破滅させることがある。

落ち着き払った分別のある人間がそういう不幸な人間の状態を把握しようとしたって土台むりな相談さ。そういう人間が不幸な人を慰めたって、やるだけ無駄。健康な人が病人の枕元で元気づけようとしてもできないのと同じさ」

アルベルト相手ではあまりにありふれた譬えだった。そこで少し前に水死体で発見されたある娘の事件を持ちだし、その顚末を話した。

「気立てのいい娘で、狭い環境で家事という毎週決まった仕事をするだけで育った。楽しみと言えば、日曜日に仲のいい女の子たちと散歩に出かけたり、大きなお祭りのたびにダンスをしたりするのが関の山だった。あとはいざこざやひどい噂を耳にすると、近所の子といっしょに何時間も我がことのようにおしゃべりするくらいのものだった。しかし熱い心を持っていたので、そのうちに男たちに言い寄られたいと夢想するようになり、それまで楽しいと思っていたことがだんだんつまらなくなった。そしてついにひとりの男に出会う。これまで感じたことのない気持ちのまま、どうしようもなくその男に惹かれ、期待に胸ふるわせ、まわりが見えなくなる。なにも耳に入らず、なにも目にとまらず、なにも感じず、欲しいのは彼ひとりだけ。その場限りの見栄を張って、虚しい喜びに興じることになるなど及びもつかず、娘は男の心を射止めたいと一途に思う。男のものになり、永遠の契りを結んで、いままで得られなかった幸福をつかみ、憧れていた喜びをたっぷり味わいたいと望む。繰り返される口約束に期待は募り、大胆な愛撫に欲求は高まるばかり。心はめろめろになり、うっとりしてあらゆる喜びの予感の中に漂い、これ以上ないほどに心を張り詰めさせて、すべての望みを我がものにしようと腕を差し伸べる。――そして恋人は娘を捨てる。――娘は愕然とする。感覚を失って、奈落の前に佇む。まわりはすべて闇。希望もなく、慰めもなく、復讐心すら湧かない。一心同体だと思っていた男に捨てられたのだからむりもない。娘にはもはやなんの希望もない。心にぽっかり空いた穴を埋めてくれる人ならおおぜいいそうなのに、ひとりも目にとまらない。そして孤独を感じ、寄る辺ない存在だと思う。――目がくらむ。自分の心を痛めつける恐ろしい苦痛に苛まれ、身を投げる。死の懐に身をゆだね、死によってすべての苦しみの息の根を止めるために。――どうだい、アルベルト、こういう憂き目にあう人はけっこういるものさ。これも病気と言えないかな？　放っておいても、こうしたもつれ合い、矛盾する力の迷路から脱けだす出口が見つかるわけがない。そうなると、人間は死ぬほかなくなる。『馬鹿な女だ！　じっと待って、時に解決させればよかったものを。そうすれば、もうだめだって気持ちも収まり、慰めてくれる相手もあらわれるだろう』そう言う傍観者に災いあれ。

それって、『馬鹿だよ、熱病で死ぬなんて！　待っていれば、体力が回復し、四体液[36]も改善し、血行不良も治まり、元気になって、いまでも生きていられただろう』と言うのと同じだ！」

アルベルトはこの譬えでも納得せず、いろいろと言い返した。

「きみの譬えは単純な娘のことであって、分別のある大人はそんなに了見が狭くないし、さまざまな事情を考慮するはずだ。そういう人間が死を選ぶなら、もはや弁解の余地はないだろう」

「ねえ、きみ」ぼくは大きな声で言った。「そいつも人間だ。少しばかり分別があったって、熱情に駆られて限界まで追い詰められたら、分別なんて役に立たないさ。それどころか——いや、よそう」

ぼくは帽子をつかんだ。胸がいっぱいだった。——そしてぼくらはわかり合うこと

36　血液、粘液、黄胆汁、黒胆汁の四種類を人間の基本体液とする古代ギリシア以来の説。

なく別れた。この世では他人を理解するのは簡単じゃないってことだ。

*

八月十五日

この世で人間に必要なものは、愛情をおいてほかにないのは確実だ。ロッテはぼくを失いたくないようだ。子どもたちも、ぼくが毎日来るものと思ってる。きょうはロッテのピアノの調律をすることになっていた。でも、調律をしそこねた。子どもたちにお話をせがまれ、ロッテからもぜひにと言われてしまったからだ。ぼくはまず子どもたちに夕食のパンを切りわけた。子どもたちはロッテからと同じようにぼくからパンをもらって喜ぶようになっている。そして「たくさんの手にかしずかれる王女さまの話」[37]という十八番《おはこ》を語って聞かせた。ぼくは子どもたちから多くのことを学んでいる。本当だよ。子どもたちの記憶力にはびっくりさせられる。再話する際にうっかり一部を忘れ、即興で話をつないだりすると、この前はそうじゃなかったとすぐ言われてしまう。だから最近、一字一句疎《おろそ》かにせず暗唱できるように節をつけて練習しているんだ。ぼくはそこから学んだ。作家が自分の物語を改訂すると、文学としての出来映えはよくなるかもしれないが、どうしても作品を損ねてしまうってことをね。第一印象は好意的に受けとめられるものだ。人間はどんなに荒唐無稽な話でも納得するようにできていて、それが頭にこびりつく。これを引っかいて、消し去ろうとすると、惨憺《さんたん》たることになる。

＊

八月十八日

どうしてこうなるかな？　人を幸せにするものが、不幸の源になるなんて。生気に溢れた自然はこれまで、ぼくの心を温かい気持ちにし、喜びでいっぱいにしてくれた。まわりの世界を楽園に変えてくれたというのに、いまは容赦ない拷問者、

37　ドーノワ伯爵夫人（一六五〇あるいは一六五一～一七〇五）の『妖精物語』（一六九七～九八）に収録されている「白猫」に当たる。

仮借なき悪霊と化して、どこへ行ってもつきまとう。以前は崖の上から川の向こうにある丘陵までつづく肥沃な平野を遠望し、身のまわりで草木が芽吹き、萌えるところを目にした。麓から頂上まで高木が生い茂る山。やさしげな森が影を落とし、くねくねと蛇行する谷。さらさらとそよぐ葦のあいだを縫う流れ。夕べの微風に揺られてやってくるかわいらしい雲を水面に映すおだやかな川。森を活気づかせる鳥の声も聞いた。それからその日最後の赤い日の光の中で元気よく舞い踊る蚊の群れ。太陽の最後のきらめきに誘われて叢《くさむら》から羽音を立てて這いだしてくる甲虫。まわりのざわめきに気づいて地面に目を落とすと、固い岩場に張りついた苔や乾燥した砂丘に沿って生える灌木が見える。そのすべてが自然のうちにある熱くたぎった神々しい生を開陳してくれた。ぼくは温かい気持ちでそのすべてを抱きとめ、際限のない豊かさに身を任せた。無限の世界に住まう素晴らしいものたちが、ぼくの魂を揺さぶった。ぼくを囲む巨峰、眼前に口を開ける深淵、夕立を集めて流れ落ちる渓流、滔々《とうとう》と流れる眼下の川、そして森や山の木魂《こだま》。そうした底知れぬ力が地の底で混ざりあうのを見た。天上天下にあらゆる神の被造物がうごめき、無数の姿形となって群れつどう。そして人間はせせこましい住まいで肩寄せ合って身を守り、巣ごもりしながら広い世界を支配しているとは思い込んでいる！　おめでたい存在だ。自分がちっぽけだからって、すべてを過小評価するとはね。近寄りがたい峰から、前人未到の荒野を経て、未知の大海の果てまで、創造主の息吹は吹きわたり、その息吹を聞いて生きるものなら、どんな塵芥《ちりあくた》でも喜びを覚える。ぼくは当時、何度思い焦がれたことだろう。頭上を飛ぶ鶴の翼をもって、計り知れない彼方の海岸まで飛んでゆきたい。無限である主の泡立つ杯から溢れる生の喜びを味わいたい、そしてほんの一瞬でもいいから、自らのうちに自らの力ですべてを生みだす神なる存在の至福の一滴をこの限りある胸のうちで味わいたい、と。

兄弟よ、ぼくを心地よくしてくれるのは、あの頃の思い出だけだ。あの頃の言うに言われぬ感情を呼び起こして、ふたたび口にしようと努力するだけ、それだけで心が舞い上がる。そしていま、ぼくを取り巻く惨めな境遇を二倍も辛く感じさせる。

ぼくの魂の前でさっと幕が払いのけられた。無限の生命の舞台はぼくの眼前で、永遠にぱっくり口を開けた深淵なる墓に一変した。なにもかもが儚《はかな》い。稲妻のようにまたたくまに流転し、存在の力が保たれることなどごく稀で、激流に浮き沈みして、岩にぶつかって木《こ》っ端微塵《ぱみじん》になるというのに、「そんなものさ」ときみは言えるのか？　きみはいつでも自分と周囲の人々を憔悴《しょうすい》させ、破壊者と化す。なんてことない散歩が幾千もの虫の命を奪う。アリが苦労して作った巣をたったの一歩で踏みつぶし、ちっぽけな世界を悲惨な墓所にする。まったくもってひどい。ぼくの心を揺さぶるのは、村を押し流す洪水や、町をひとのみにする地震といったたまに起きる大災害じゃない。ぼくの心を蝕むのは、万物の中にひそみ、すべてを食い尽くす力だ。なにひとつ作りださず、周囲も自分自身も破壊する力。ぼくは怯えおののき、よろめき歩く！　天と地、そしてそれが織りなすもろもろの力がぼくを取り囲んでいる！　ぼくには永遠にのみ込んでは、際限なく反芻《はんすう》する怪物しか見えない。

＊

八月二十一日

朝、重苦しい夢から覚めると、ぼくは彼女を求めて虚しく腕を伸ばす。夜は彼女と野原にすわっている幸せで無邪気な夢に惑わされて、ベッドの中でむやみに彼女を捜し、彼女の手をつかんで、無数のキスをしていた。夢現《ゆめうつつ》の中で彼女を手探りし、はっきり目が覚めると——心臓が押し潰されて、涙が溢れでる。暗澹たる未来を思ってぼくは絶望の涙を流す。

＊

八月二十二日

不幸なことだ、ヴィルヘルム！　すっかり空回りしているよ。だらだらしているわけにはいかないのに、なにもする気が起きない。想像力が働かず、自然への感性も希薄で、本という本がぼくに唾を吐きかける。人間は、自分を見失うと、すべてを失ってしまう。じつはいっそのこと日雇い労働者になりたいと思うことがある。そうすれば、朝目覚めたとき、その日の予定があって、やる気を起こし、希望をつなげられるだろうから。書類の山に埋もれて仕事に没頭しているアルベルトが羨ましい。代われたらいいのに！　何度か例の公使館の口にありつくため、きみや大臣に手紙を書こうとした。断られはしないってきみが書いてきたからね。ぼくもそう思う。大臣はしばらく前からぼくに目をかけていて、職につくべきだと忠告してくれた。それもいいかも、とぼくも一時は思ったけど、考え直してみると、馬の寓話が脳裏をかすめた。ほら、自由がいやになって、自分から鞍と馬具をつけさせ、乗りつぶされたという馬の話さ。ぼくはどうしたらいいのかわからない――まいったよ！ 現状を変えたいという願望をもつのはたぶんぼくに堪《こら》え性《しょう》がないためで、どこへ行ってもそれがつきまとっているせいじゃないかな？

＊

八月二十八日

ぼくの病が治せる人がいるとしたら、あの人たちだろう。きょうはぼくの誕生日[38]で、早朝アルベルトから小包を受け取った。開けてみると、ピンクのリボンがすぐ目にとまった。知り合ったときにロッテが身につけていたもので、あれから譲ってほしいと何度か頼んでいた。小包には十二折版の小さな本が二冊入っていた。ヴェートシュタイン版[39]の小型本ホメーロスだった。散歩のときに大判のエルネスティ版を持ち歩くの厄介なので前から欲しいと思っていたものだ。見てのとおりだ！ ふたりはぼくの望みを察して、友情の証となるささやかな贈り物を探しだしてくる。贈り主の見栄で選ばれた派手な贈り物より何千倍も価値がある。ぼくはそのリボンに何度となくキスをし、匂いを嗅ぐたびに、当時の至福を思いだした。もはや返ってこない、あの幸せな日々の至福を。そうなんだ、ヴィルヘルム。ぼくに不平はない。人生の花なんてどうせ幻だ！　どれほど多くのものが跡形もなく消えていくことか。わずかなものしか実を結ばず、たとえ実を結んでも、完熟するものはもっとすくない。それでも充分に

38　この日はゲーテ自身の誕生日。

39　ヴェートシュタイン版は、スイス出身でアムステルダムに印刷工房をひらいたヨハン・ヘンドリック・ヴェートシュタイン（一六四九～一七二六）が一七〇七年に出版した二巻本（ギリシア語およびラテン語訳）。エルネスティ版はドイツの神学者で古典文学を多数編集出版したヨハン・アウグスト・エルネスティ（一七〇七～八一）が一七五九年から一七六四年にかけて出版した五巻本（ギリシア語およびラテン語訳）。ホメーロスの本格的なドイツ語訳が世に出るのはドイツの詩人ヨハン・ハインリヒ・フォス（一七五一～一八二六）による『オデュッセイア』（一七八一）からで、本作が書かれた一七七〇年代はまだギリシア語ないしはラテン語訳で読まれていた。またホメーロスは学校でのギリシア語教育の教材としても使われていた。

実はできる。だけど――兄弟！　熟した実をほったらかしにして相手にせず、食べずにしなびさせたり、腐らせたりしていいものだろうか？

ごきげんよう！　素晴らしい夏だ。ぼくはよくロッテの家の果樹園で長い棒を手に持って梨の木に登り、梢のあたりになっている梨を叩き落とす。ロッテは下にいて、ぼくが落とした梨を受け取る。

＊

八月三十日

不幸な奴め！　馬鹿じゃないか？　自分をごまかすなんて。激しい情熱はいつ終わるとも知れない。いったいどうなってるんだ？　ぼくが崇《あが》める相手は彼女だけ。脳裏に浮かぶのは彼女の姿だけ。まわりのものまでことごとく彼女と関連づけてしまう。そうすれば、しばらくは幸せでいられる。――けれども、いつまでも彼女といっしょにいられるわけじゃない。ヴィルヘルム、ぼくの心はしばしば、立ち去れとぼくに迫るんだ！――彼女といっしょに二、三時間すわって過ごし、その姿や振舞いや素晴らしい物言いにうっとりしていると、しだいに胸が張りつめてきて、目の前が暗くなり、ほとんどなにも聞こえなくなり、暗殺者の手にかかったみたいに喉がしめつけられる。それからそのしめつけられた感覚に息継ぎをさせようとして動悸が激しくなり、かえって混乱が増すことになる。ヴィルヘルム、ぼくは自分がこの世に生きてるのかどうかさえわからなくなるんだ！　憂いで心のバランスが崩れ、ロッテが手を差しのべて、好きなだけ泣くといいと受け止めてくれることがよくある。慰めになっても、惨めなものさ。だからぼくは立ち去る！　立ち去るほかないじゃないか！　そして野原を歩きまわる。険しい山に登るのもいい。鬱蒼《うっそう》とした森に分け入ったり、藪《やぶ》を抜けて傷だらけになったり、茨で切り傷を作ったりすることもある！　そうすると、少しだけ気が晴れる！　あくまで少しだけだけどね！　ときどきくたくたになって喉が渇き、途中で寝転ぶことがある。夜更けに、空にかかる満月を見ながら、人気《ひとけ》のない森の中のねじ曲がった樹に腰かけて、傷ついた足裏を少し休ませることもある。また精魂尽きて休むうちに、夜が白む頃、うたた寝してしまうこともある！　ヴィルヘルム！　僧房でひとり暮らしをして、ごわごわの僧服を身にまとい、茨《いばら》の冠をかぶるのが、ぼくの魂には一番の慰めになるだろう。さらばだ。この惨めさの行きつく果ては、墓場以外にない。

＊

九月三日

ここにはもういられない！　きみには感謝するよ、ヴィルヘルム。優柔不断なぼくによくぞ決心させてくれた。この二週間、ロッテの許《もと》を去ろうと考えていた。そうするほかない。ロッテはまた町に住む友人のところに行っている。そしてアルベルトは——やはり——ぼくは去るしかない。

＊

九月十日

たいへんな一夜だったよ！　ヴィルヘルム、これでもうなにがあっても平気だ。二度と彼女には会わないだろう。きみの首に抱きついて、思いっきり涙を流し、恍惚として、ぼくの胸中で吹き荒れている気持ちを吐露したいものだ。ぼくはここにすわって喘ぎ、朝になるのを待っている。日の出に馬の手配を頼んである。

ああ、ロッテは安らかに眠って、もうぼくに会えないとはつゆ知らずにいる。断腸の思いで別れてきた。二時間もしゃべっていながら計画について洩らさなかった。気丈なものだ。しかしなんともいえない会話だった！

アルベルトは、夕食のあとすぐにロッテと庭園に来るとぼくに約束した。ぼくは高いマロニエの木立が枝を広げた高台に佇んで夕日を眺めた。魅力的な谷とゆるやかに流れる川の向こうに沈みゆく太陽。もう見納めだ。いったい何度ロッテとここに立ち、いっしょにこの素晴らしい落日の光景を眺めたことか。それから――ぼくは大好きな並木道を行ったり来たりした。ロッテと知り合う以前から、親しみを覚えてよく来た場所だ。そして知り合ったばかりの頃、ともにこの場所が好きだと知って、ぼくらは大喜びした。ぼくが見た芸術の中でもとりわけ粋を凝らしたもののひとつなのはたしかだ。

まずマロニエの木立のあいだから眺望が開ける。――ああ、そうだった。このことはもう何度も書いているね。やがて高いブナの壁が立ちはだかり、並木道は隣接する植込みのせいでしだいに暗くなり、最後には小さな広場で行き止まりになる。そこには戦慄するほどの孤独感が漂っている。昼間にはじめてそこに足を踏み入れたときに親しみを覚えたのをいまでもよく覚えている。いずれそこが歓喜と苦悩の舞台になるとおぼろげに予感した。

三十分ほど別れや再会を思って、感傷に浸っていると、やがてふたりが高台に上がってくる足音が聞こえた。ぼくはふたりの方へ走っていき、ぞくぞくしながらロッテの手に口づけをした。ぼくらがあらためて高台に上がると、ちょうど緑に覆われた丘の向こうに月が昇った。四方山話《よもやまばなし》をしながら歩くうち、いつのまにか朽ちかけた四阿に近づいていた。ロッテは中に入って腰をおろし、アルベルトはその傍らにすわった。ぼくも腰かけたけど、落ち着かなくて長くはすわっていられなかった。いったん立ち上がってロッテの前に進みでて、行ったり来たりしてからまたすわった。不安で仕方なかったんだ。ロッテは月明かりが美しいと言ってぼくらの注意を促した。月はブナの木立の端に顔をだし、ぼくらの前に広がる高台を照らしていた。ぼくらのまわりは深い闇に沈んでいただけに、月の光がきわだち、見事な光景だった。ぼくらが押し黙っていると、しばらくしてロッテが話しはじめた。

「月明かりの中を散歩すると、わたしは死んだ人たちのことを考えてしまいます。死や来世のことを感じて、圧倒されます」ロッテはすごく感極まった様子でつづけた。「ウェルテルさん、あの世でもわたしたちはまた会えるかしら？　お互いにわかるかしら？　どう思いますか？　どうでしょう？」

「ロッテ」ぼくはロッテに手を差しのべ、目に涙を浮かべて言った。「また会えますとも！　ここでも、あちらでも、また会えます！」

ぼくはそれ以上声が出なかった。——ヴィルヘルム、彼女がこんなことを訊くなんて。ぼくがつらい別れを胸に秘めているときに。

「それなら、すでに亡くなった愛しい人たちは、わたしたちのことがわかるかしら？」ロッテはつづけた。「わたしたちが元気に暮らし、故人を懐かしんでいるのを感じているかしら？　のどかな夕方、母の子であり、わたしの子でもある子どもたちに、母がいたときと同じように囲まれていると、母の面影がいつもまぶたに浮かぶんです。わたしはなつかしさのあまり涙を流して天を仰ぎます。母の臨終のときに交わした、子どもたちの母親になるという約束を守っているところを一瞬でいいから天から見てほしいと思って。わたしは何度となく叫びます。

『母さまのようにできないわたしをどうか許してください。ああ！　せいいっぱいやっているんです。身なりだって、食事だってきちんとさせています。それよりなにより面倒を見て、愛情を注いでいます。天国の母さま、わたしたちが仲良くやっているところをご覧ください！　そうすれば、あなたは神さまに熱烈な感謝の気持ちを捧げることでしょう。母さまは苦渋に満ちた最後の涙をふりしぼって子どもたちの安寧を祈られたのですから』」

ロッテは本当にそう言ったんだ！　ヴィルヘルム！　ロッテの言葉を再現することなどだれにできるだろう。冷たく生気のない文字に、この素晴らしい精神の開花を描写することなどできるだろうか？

すると、アルベルトがロッテにやさしく言葉をかけた。

「自分を責めてはいけないぞ、ロッテ。気持ちはわかるが、お願いだ」

「アルベルト」ロッテは言った。「わかっているわ。父が旅に出たとき、母と小さな円卓を囲んだ晩のことを覚えているでしょう。あなたがよく素敵な本を持ってきてくれたのに、母はめったに読もうとしなかった。素晴らしい魂の持ち主と話す方がよかったのでしょう！　母は美しくて、おだやかで、陽気で、いつも快活な人だった！

わたしはよくベッドの中で神さまに平伏して、どうかわたしを母みたいにしてくださいと祈ったものだわ」

「ロッテ！」ぼくは声を上げると、彼女の前に身を投げだし、その手を取って、無数の涙で濡らした。「ロッテ、神の祝福があなたを守るでしょう。そしてお母さまの魂も！」

「あなたにも母を知ってほしかったわ！」ロッテはぼくの手を握りしめて言った。「あなたに知っていただくにふさわしい人でした」

ぼくはとろけるかと思った。こんな素晴らしい誉め言葉があるだろうか。ロッテは話をつづけた。

「母は人生の花盛りに死ななければならなかったのです。末っ子はまだ生まれて六ヶ月になっていませんでした。病気を長く患うことはありませんでしたし、落ち着き払って死を覚悟していました。ただ子どもたち、とくに生まれたばかりの赤子が不憫《ふびん》でならないと言っていました。死期が迫ると、母は子どもたちを連れてくるように言いました。小さい子はなにもわからず、大きい子は取り乱していました。子どもたちがベッドを囲んで立つと、母は両手を上げて子どもたちのために祈りました。それからひとりずつ接吻をして、部屋からだすと、わたしにこう言ったのです。

『あの子たちの母親になってちょうだい！』

わたしは母の手を握りました！

『安請け合いはだめですよ』母は言いました。『母親の心とまなざしを持つのです！おまえが感謝して涙ぐむのを見て、わかりました。母親がどういうものか理解しているとね。弟と妹をよろしく。そしてお父さまにも、妻になったつもりで誠心誠意仕えてちょうだい。あなたなら、お父さまを慰められるでしょう』

母は父のことをたずねたけれど、父は悲しみに暮れているところを見せまいとして、外出していたの。父はすっかり取り乱していたんです。

アルベルト、あなたはあのとき部屋にいたわね！　母は足音を聞きつけて、だれなのかとたずね、あなたに枕元に来るように言った。母はあなたとわたしを見て、安心したような静かなまなざしをして、幸せになって、ふたりでいっしょに幸せになってと言った」

アルベルトはロッテの肩に腕をまわし、キスをしてからこう言った。

「ぼくたちは幸せさ！　これからもね」

いつもは物静かなアルベルトが気持ちを高ぶらせ、すっかり舞い上がっていた。ぼくは茫然自失した。

「ウェルテルさん」ロッテがあらためて言った。「母のような女性がこの世を去るほかなかったなんて！　ときどき考えてしまうんです。人生で一番大好きなものが持ち去られるなんてひどいと。それを一番ひしひしと感じたのは子どもたちです。子どもたちは、黒ずくめの男たちがママを連れていったといつまでも泣いていました」

ロッテは立ち上がった。ぼくは我に返り、感動に打ちふるえて、すわったまま彼女の手を取った。

「そろそろ行きましょう」ロッテは言った。「時間も遅いですから」

ロッテは手を引っ込めようとしたが、ぼくは強く握りしめて離さなかった！

「またお会いしましょう」とぼくは叫んだ。「きっと見つけられるはずです。人がいくらいようとも、きっと見分けられます。では、おいとまします。すすんでおいとましますが、永遠にと言わなければならないとしたら、耐えられないでしょう。ごきげんよう、ロッテ！　ごきげんよう、アルベルト！　また会いましょう」

「またあした会えますものね」ロッテは冗談めかして答えた。――ぼくは早くもあしたを感じた！　こっちの手を離したとき、ロッテはなにも気づいていなかった――ふたりは並木道を歩いていく。ぼくは佇んだまま、月の光を浴びたふたりを見送った。それから大地に突っ伏して泣けるだけ泣き、さっと立ち上がって、高台の端へ駆けていった。下の方の高い菩提樹の木陰に、ロッテの白いドレスがほのかに光りながら庭木戸へと進んでゆくのが見えた。ぼくは思わず両手を差しのべた。次の瞬間、白いドレスは消えた。

第二部

＊

一七七一年十月二十日

ぼくたちはきのう、こちらに到着した。公使の体調がすぐれず、数日、引き籠るそうだ。あの人の性格に難がなければ、いうことはないんだけどね。わかってる。わかってるとも。運命はぼくにきびしい試練を課しているんだ。でも、元気をだすさ！　気を楽にしていれば、なんだって我慢できる。気を楽に！　こんな言葉がぼくの筆から出るとはね。笑ってしまう。もう少し気を楽にできたら、ぼくはお天道さまの下でだれよりも幸せな人間でいられるだろうな。ところがどうだ！　たいして実力も才能もないほかの連中が調子に乗って大口を叩いてるっていうのに、こっちは能力や天分に恵まれていないと落胆している始末だ。善良なる神よ！　どうして恵んでくれたものを半分にしておいて、その分自信と節度を与えてくれなかったのか？

我慢だ、我慢！　きっとそのうちましになる。実際きみのいうとおりだ。毎日、いろんな人にまじって駆けずりまわり、連中のやることなすことを見るようになって、自分ともずっとうまく折り合いがつけられるようになったよ。たしかに、ぼくらは他人を自分と比べ、自分を他人と比べるようにできている。だから、幸福になるのも、不幸になるのも、比べる相手次第ってわけだ。なにより危険なのは孤独だ。ぼくらの想像力はその性質上、どんどん羽ばたくものだ。文学が作りだす虚構のイメージどおりに物事に序列をつけるなら、ぼくらは最底辺に位置づけられる。自分以外はみんな素晴らしく、完璧だと思えてしまう。これは自然のなりゆきさ。ぼくらは自分にはいろいろ欠けていると感じ、自分に欠けているものにかぎって、他人が持っていると思う傾向がある。そのうえ自分が持っているものをそっくり渡し、ある種のお膳立てまでしてしまう。こうして幸福な人間の一丁上がり。つまりぼくらができるのさ。

逆に、尻込みしたり、手間をかけたりしながらもなんとか働きつづけていると、もたついているはずのぼくらが、順風満帆な連中よりも先に進んでいるってこともある——そして——他人と轡《くつわ》を並べたり、先行したりしているのを知って、自信をつけるというわけだ。

＊

十一月十日

なんとかこっちでもやっていけそうな気がしてきたよ。一番いいのは、やることが山ほどある点だ。それからいろんな人、それも新しいタイプの人間がいて、ぼくが見ているところでさまざまな醜態を演じてくれる。あとC伯爵と知り合いになった。毎日尊敬し直すような人物だ。見識のある立派な頭脳の持ち主で、物事の見渡しが利くせいか、冷淡なところがない。厚情や愛情を見せてくれることにも篤く、付き合っているとそれがよく伝わってくる。仕事を頼みにいったとき、伯爵はぼくに関心を持ってくれた。言葉を二言三言交わしただけで気が合い、ほかの人と違って、ぼくとは話ができると感じたそうだ。ぼくとしても、胸襟《きょうきん》をひらいてくれたことを本当にありがたいと思っている。偉い人物がこうして人に心を開くところを見られるなんて、またとないくらい胸が熱くなるものだ。

*

十二月二十四日

公使にはまったくうんざりだ。どうせこうなると思っていた。ありえないくらい杓子定規で頭が固い。小うるさくて面倒臭い。まるで小姑だ。自分に満足することがないせいか、他人に感謝する気持ちもない。ぼくは仕事をさっさと片付けて、あとは忘れる質《たち》だけど、公使ときたら、なにかというと、ぼくが作成した文書を突っ返して、こうのたまう。

「よく書けているが、もう一度、見直したまえ。もっといい表現やもっと適切な副詞が見つかるもんだ」

やってられないよ。「そして」とか「と」といった接続詞を省略してはいけないというんだ。ぼくはついつい倒置文を使う癖があるけど、そういう文体は公使にとっては不倶戴天の敵だ。複合文[40]も決まった語順にしないと、納得しない。こういう人間と付き合わなくてはならないのは苦痛だ。

C伯爵に信頼されているのが、唯一の心の慰めだ。伯爵はこのあいだ、公使が優柔不断で困っているとぼくに打ち明けた。

「あの手合いは自他ともに面倒を増やす。だが、あきらめるほかない。山越えをする旅人みたいなものだ。むろん、山がなければ、道ははるかに楽だし、短くてすむ。だが立ち塞がっているのだから、これぱかりは仕方がない！　乗り越えるしかない！――」

ぼくの上司は、伯爵がぼくの方を買っていると感じて、それが腹立たしいんだろう。ことあるごとにぼくの前で伯爵を貶《けな》す。当然、ぼくは言い返すから、事態はますます悪くなる。きのうなんか、すっかり切れてしまった。ぼくを当てこすって、こんなことを言ったからだ。

「伯爵は世故《せこ》に長《た》けている。仕事をなんなくこなすし、文才もある。ただし学がある

40　文が主節と従節で構成され、節のあいだに階層性がある文をいう。ドイツ語では従節部分の述語が末尾に配置されるなどの傾向があり「語順」というのはこれを指す。

かというと、どうかな。まあ、総じて文学好きはそういうものだ」

叩きのめしてやりたかったよ。こんな奴とは議論をしてもはじまらない、議論しても無駄だと思って派手に言い返してやった。

「伯爵は尊敬すべき人物です。人格者ですし、学識もあります。あの方のように心が広く、いろいろなことに気を配り、日々の暮らしにも活かせる人物をほかに知りません」

公使のおつむでは、ちんぷんかんぷんだったろう。これ以上癇癪を起こすのはまずいと思って、ぼくは早々に退散した。

こうなったのも、きみたちのせいだからな。ぼくを口車に乗せてこんな面倒ごとを背負い込ませ、活動すべきだなんてまくしたてたんだからね。活動！　じゃがいもの植え付けをし、町に穀物を売りにくる男の方が、ぼくなんかよりよっぽどしっかり活動している。ぼくをがんじがらめにしているこの奴隷船で、あと十年働かせれば、気が済むかい？

それにしても、どんぐりの背くらべをしているあさましい連中のお粗末さ、退屈さにはあきれかえる。出世したいがために、少しでもまわりに先んじようと汲々としている。まったく見苦しい。露骨極まりない！　自分の家柄、出身地を吹聴する女がいい例だ。知らない者はみんな考えるはずだ。ちょっとばかり家柄がよく、生まれた土地の評判がいいからって、それを鼻にかけるとは愚かな女だ、と。――ところが話はまだ終わらない。その女は近くの村の書記官の娘でしかなかったのさ。――まったく理解に苦しむよ。恥ずかしげもなくこんなことができる人間がいるとはね。

このところ日々痛感していることだけど、自分のものさしで他人を測ることほど馬鹿げたことはないぞ。ぼくの心の中では嵐が吹き荒れ、自分のことで精一杯だから、他人につべこべ言う気などさらさらない。ぼくを放っておいてくれさえすればね。一番いらつくのは、厄介なブルジョワの人間関係だ。社会階層の違いは必要なことだし、ぼく自身、その恩恵に与っている。ただしこの世でささやかな楽しみを味わい、ほのかな幸福感に浸っているときに、身分の差が邪魔するようなことがあっては興醒めだ。最近、散歩の途中で、フォン・[41]Bという令嬢と知り合った。この無粋な日常の只中にあってもなお自然らしさを損なわない、感じのよい人だ。話をするうちに意気

41　ドイツ語圏でしばしば王侯貴族であることを示す、姓の前につける称号。

投合して、別れ際にぼくは、お宅を訪ねてもいいかと訊いてみた。彼女はあっさり、どうぞと言ってくれた。そこで頃合いを見計らって訪問した。B令嬢はこの土地の人ではなく、おばのところに身を寄せているだけだった。この老婦人の人相はどうにもいただけなかったけど、敬意をあらわして、なるべく話しかけるようにした。三十分もしないうちにだいぶ状況がわかった。B令嬢も後で打ち明けてくれたけど、この高齢の「愛すべきおばさま」には財産もなければ、才覚もなく、頼れるものは家柄くらいで、身を守る防壁は貴族の称号のみという有様だったんだ。日頃の楽しみは、道を行き交う市民を窓から見下ろすくらいなのだそうだ。若い頃は美人だったらしく、気ままな性格で、あわれな若者を何人も泣かせ、中年になってからは年老いた将校を尻に敷いたという。その将校はそれをよしとして、相応の生活費をだし、青銅時代[42]を共に過ごし、世を去った。そしていまは、ひとりで鉄の時代[43]を生きている。姪がこんなに感じがよくなかったら、きっとだれにも相手にされないだろうな。

＊

一七七二年一月八日

まったくなんて連中だ。儀式のことしか頭になく、席次をひとつでも上げようと何年も汲々としている。かといって、暇というわけでもない。むしろ仕事は山ほどある。瑣末《さまつ》なことにかかずらって、大事なことを滞らせているんだからしょうがない。先週はそり遊びの最中にひと悶着起きて、せっかくの楽しみが台無しになった。

本当に馬鹿な奴らだよ。地位なんかどうだっていいのに、それがわからないんだ。筆頭に立つ者が一番の役割を担うとは限らないのにね！　大臣に仕切られている王さまは少なくないし、その大臣にしても、秘書官に仕切られていることが多い。だとすると、一番偉いのはだれだ？　思うに、ほかの人をよく見て、自分の計画のためにその人たちの能力、熱意をうまく使う実力と才覚を兼ね備えた人だろうな。

42　古代ギリシアにおいて五段階あるとされた人類史を人生のたとえにし、ここではそのうちの第三の時代を指す。この時代の種族は殺し合って滅びたとされている。

43　古代ギリシアにおいて五段階あるとされた人類史の最後にして最悪の時代を指す。

＊

一月二十日

親愛なるロッテ、あなたに書かずにいられません。いまはみすぼらしい避難小屋のひと部屋にいます。ひどい嵐に見舞われて雨宿りしているところです。悲惨な巣窟である D 市で、ぼくの心にとってはまったく未知な、見知らぬ人々に囲まれていたせいで、あなたに手紙を書こうという気が起きませんでした。でもいまは、この避難小屋にひとりで不如意にしています。雪と雹《ひょう》が窓にはげしく叩きつける中、ふと思ったのがあなたのことでした。ここに入るなり、あなたの面影、思い出が脳裡に浮かんだのです。ああ、ロッテ！　とても清く、温かい気持ちになりました！　ありがたいことです！　最初に味わった幸福の瞬間が蘇ったのですから。

もしこんな気もそぞろなところをあなたに見られてしまったらどうなるでしょう！　ぼくの感性は乾きはてるでしょうね。心が満たされる一瞬も、至福の時も味わえなくなります。そんなの虚無です！　虚無でしかありません！　からくり箱を前にしたように、ぼくは立ち尽くします。人形や馬の模型が目の前でぐるぐるまわるのを見て、幻覚ではないかと胸に訊きます。ぼくはいっしょに興じます。いや、むしろ、操り人形のように演じさせられていると言った方がいいでしょう。そして隣にいる人の木製の手をつかんで、ぎょっとして身を引くのです。

こっちでじつに女性らしい人と知りあいになりました。B令嬢という人で、あなたに似ています。

「あら、この人ったら、お上手なことを言って!」とあなたは言うでしょうね。あながち間違いではありません。ここしばらく、ぼくはおとなしくしています。ほかにどうしようもないものですから。気の利いたことばかり言っています。ご婦人方は、ぼくにまさる誉め上手はいないと言っています(そして、嘘をつくことも、と付け加えてくださってけっこう。嘘も方便。わかりますよね)。

そうだ、B令嬢の話をしようとしていたのでした! 豊かな心の持ち主で、そのことがあの人の青い瞳から溢れんばかりに見てとれます。家柄が重荷らしく、心に抱えた不満をひとつも鎮められないようです。町の雑踏から逃げだしたいというので、いっしょに田園風景の中で何時間も空想をめぐらし、穢《けが》れなき至福を味わっています！　そしてあなたのことも話しました！　令嬢は何度もあなたを誉めました。もちろん本心からです。令嬢はあなたのことを聞きたがっています。あなたに心を寄せているのです――

あのなつかしい部屋であなたの足元にすわり、子どもたちに囲まれて転げまわりたいものです。そしてあなたが子どもたちにやかましいと小言を言うと、ぼくは子どもたちを集め、怖い話をして黙らせましたっけ。

太陽は雪を輝かせながら、大地へと華やかに沈んでゆきます。嵐は過ぎ去りました。そしてぼくは――ふたたび鳥籠に囚われることに。ごきげんよう！　アルベルトはいっしょですか？　どんな様子でしょう？――つまらないことを訊いて申し訳ありません！

＊

二月十七日

公使とはもうやっていけそうにない。まったく我慢ならない。やることなすこと、あまりにもお粗末なので、とうとうあいつを無視して、ぼくなりの考え方、やり方で仕事を片づけることにした。もちろんあいつが気に入るわけがない。最近、ぼくのことを宮廷に訴えた。ぼくは大臣から譴責《けんせき》を受けた。やんわりとだったけど、譴責は譴責だ。だから辞任する決意を固めたんだけど、そのとき大臣から私信をもらった。＊その手紙には脱帽したよ。その気高く、賢明な配慮をありがたいと思った。感情的になりすぎるとぼくをたしなめる一方で、仕事の効果を上げ、仕事仲間に働きかけ、仕事をやり遂げようと創意工夫するのは、若いからこその意欲のあらわれで、たいへんけっこうだと誉めてくれた。ただし意固地にならず、手加減して、よい結果をもたらすように配慮してはどうかとも書いてあった。この手紙に一週間は励まされ、全身全霊を尽くした。心が平安なのは素晴らしいことだ。じつに喜ばしいことだ。だけど壊れやすいんだよね、美しく高価なものは。そうならなければいいけど。

＊ この立派な方の立場を考えて、この手紙と、あとで言及する手紙をこの書簡集に加えないことにした。掲載すれば読者諸氏から大いに歓迎されるだろうが、そういう不作法は許されるものではない。

＊

二月二十日

親愛なるご両人、神の祝福があらんことを。ぼくには無縁な幸せの日々が、おふたりに与えられますように。

アルベルト、黙っていてくれてありがとう。じつは、きみたちがいつ結婚するのか、ぼくはずっと知らせを待っていたんだ。その日にロッテの影絵を恭《うやうや》しく壁からはずし、ほかの紙の束といっしょにしまおうと思っていた。きみたちはもう夫婦なんだね。なのにロッテの影絵はまだ壁にかけたままだ！　こうなったらそのまま壁にかけておくよ！　いけないかな？　ぼくもきみたちといっしょだ。相変わらず、ぼくはロッテの心の中にいる。二番目の位置だ。それを手放すつもりはない。それだけは維持しつづけなくては。ああ、ロッテに忘れられでもしたら、気が変になるだろう——考えただけでも地獄だ。アルベルト！　ごきげんよう。お元気で、天上の天使、ごきげんよう、ロッテ！

*

三月十五日

まったく不愉快な目にあった。ぼくはここから出ていくつもりだ。歯嚙みする思いだ！ ちくしょう！ もうどうにもならない。だいたいきみたちの責任なんだからな。さんざんせっつき、そそのかして、ぼくをやりたくもない職につかせたのはきみたちだ。おかげでこのざまだ。もうたくさんだ。こだわりすぎるのがいけないなんて言わせないからな。それじゃ、親愛なるきみに、年代記作者が書くような直截簡明な文体でことの次第をつづることにしよう。

C伯爵がぼくをかわいがって、引き立ててくれているのは知ってるね。もう何度となくそう書いてきた。きのうは食事に招待されたんだ。ちょうどその晩は、伯爵家で上流階級が集う晩餐会が催されることになっていた。ぼくはそのことをまったく気にとめず、ぼくのような下々の人間には無縁であることも失念していた。まあ、それはいい。伯爵のところで食事をいただき、そのあと伯爵とぼくは大広間を歩きながら話をした。そこへB大佐がやってきて会話に加わった。そのうちに晩餐会の時間が近づいた。ぼくは本当になにも考えていなかった。そこへ貴婦人然としたフォン・S夫人が夫君と共に、いかにもすこやかに孵化《ふか》したガチョウを思わせる令嬢を連れてあらわれた。令嬢は胸がぺちゃんこで、かわいらしいコルセットで腰を締めあげ、先祖伝来の高貴な目と鼻の穴をこれ見よがしにしながら歩いていた。この連中に虫唾《むしず》が走ったので、ぼくは早々に退散したくて、伯爵がくだらないおしゃべりから解放されるのを待っていた。するとそこにあのB令嬢があらわれたんだ。彼女に会うといつも気持ちが明るくなる。ぼくはそこにとどまって、彼女の椅子の後ろに立った。ところが彼女はふだんと違ってよそよそしく、どう振る舞ったらいいか当惑している様子だ。それでわかったんだ。彼女もこの連中と同類だ、くそったれってね。胸がちくっと痛くなったので、立ち去ろうと思ったけど、これからどうなるかしっかり見届けたくなって、ぐずぐずしていた。そのうちに大広間は人でいっぱいになった。フランツ一世[44]の戴冠式で身につけたという礼装で登場したF男爵、ここではフォン・R殿と呼ばれている宮廷顧問官と耳の遠いその夫人などなど。それにひどい恰好のJ氏も忘れちゃいけない。古臭いフランケン地方の衣装のなれの果てに流行のものを交ぜ合わせていた。

こういう連中がこぞって顔を揃えたんだ。ぼくは数人の顔見知りに声をかけたけど、ひどくそっけなくされた。変だなと思った。――でもB令嬢に気をとられているうちに、大広間の端でご婦人方がささやき合い、それが紳士方に順次伝染し、S夫人が伯爵に話をした（こうしたことはあとでB令嬢から教えてもらったことだけどね）。とうとう伯爵がそばにやってきて、ぼくを窓辺に連れていった。

「ご承知だろうが、大事な付き合いがあってね。みなさん、きみがここにいるのがおもしろくないのだ。わたしとしてはかまわないのだが」

「閣下」ぼくはすかさず言った。「大変失礼しました。もっと早く気づくべきでした。ずるずるとお邪魔して、本当に申し訳ありません。早くお暇すべきだったのに、魔がさしてしまったようです」

ぼくは微笑みながらお辞儀した。伯爵はぼくの両手を握ったが、その握り方がすべてを物語っていた。ぼくは上品な人たちにあいさつすると、すぐさま退散した。M市へと二輪馬車を走らせ、丘の上から沈みゆく太陽を眺めながら、オデュッセウスが親

44　一七〇八～六五。神聖ローマ帝国皇帝、一七四五年戴冠。

切な豚飼いたちからもてなしを受ける、ホメーロスの素晴らしい一節を読んだ。いい場面だった。

その晩、ぼくは帰宅すると、食事に出かけた。食堂にはまだ客がまばらだった。隅ではテーブルクロスをはずして、サイコロを振っている者たちがいた。そこに正直者のAが食堂に入ってきて、ぼくの姿を見つけると、帽子をとって近づいてくるなり小声で言った。

「ひどい目にあったんだって？」

「ぼくが？」

「伯爵のところでのけ者にされたそうじゃないか」

「そうかい。まあ、糞くらえさ。外に出られてほっとしたよ――」

「あんな晩餐会、あまり気に病まないことだ。だけど俺は腹立たしい。噂になってるぞ」

――こう言われて、ぼくも無性に腹が立ってきた。そういえば食堂で席についた連中にじろじろ見られていた！　はらわたが煮えくりかえったよ。きょうは行く先々で気の毒がられ、ぼくに嫉妬している連中からは勝ちほこる声を聞かされた。

「いい気味だ。ちょっと知恵がまわるからって、出過ぎたことをしちゃだめだ。いい気になりやがって」

そしてもっとひどいことも言っているらしい。奴らの心臓にナイフを突き刺したい気分だ。人がなんと言おうが、自分は自分だ。けれど、ろくでなしどもに弱みを握られて、いろいろ言いふらされるのを我慢できる人がいたら拝んでやりたい。これが根も葉もない噂ならよかったんだが！　それなら放っておけるのに。

＊

三月十六日

なにもかも神経に障る！　きょう並木道でB令嬢に出会った。話しかけずにいられなかった。連れから少し離れたとき、このあいだの件で傷ついたことを打ち明けた。「ウェルテルさん」令嬢は心を込めて言った。「わたしが困惑していたのを、そんな風に受けとめたのですか。わたしの気持ちはおわかりのはずなのに。大広間に入った瞬間から、あなたのことばかり気にしていたのです。はじめからああなることはわかっていました。何度もそのことをお伝えしようとしたんです。S夫人とT夫人は、あなたと同席するくらいならご主人を連れて帰るだろうと思いました。伯爵はあの人たちと険悪な状態になるわけにいきませんし。おかげでこんな騒ぎになってしまったんです――」

「なんですって？」愕然としたのをひた隠しにして、ぼくは言った。一昨日アーデリン[45]が言っていたことを思いだして、煮えたぎる湯のように血が血管を駆けめぐった。

「――わたしだってつらかったんです！」愛くるしい令嬢が目に涙を浮かべながら言った。

ぼくは気持ちを抑えられなくなり、彼女の足元にひざまずきたくなって叫んだ。

「はっきりおっしゃってください」

涙が彼女の頬を伝った。ぼくは気が動転してしまった。彼女は涙を隠そうともせず、ぬぐった。

「おばをご存じでしょ」彼女はそう言って話しはじめた。「おばもあの場にいました。しかもなんという目つきをしたことか。ウェルテルさん、昨夜だけでも耐えに耐えたのに、今朝もまた、あなたとお付き合いしてはいけないと言われました。あなたをさげすみ、見下す言葉を聞かされ、まともに弁護することもできませんでした」

令嬢が口にするひと言ひと言が、刀剣さながらにぼくの心に突き刺さった。黙っていてくれた方がどんなによかったか。だが令嬢は、これからもぼくが陰口を叩かれ、口さがない人たちがみんなして勝ちほこるだろうとまで言ったんだ。

「前々からあなたを非難していた人たちが、あなたの思い上がりとまわりをあなどる態度が報いを受けた、いい気味だと言って、悦に入ることでしょう」とも。

ヴィルヘルム、彼女は本気で心配そうに言った。ぼくは壊れてしまった。いまもまだ腸《はらわた》が煮えくり返っている。難癖つける奴がいたら、短剣を突き刺してやりたいよ！ 血を見たら、少しは気が晴れるだろう。ああ、押し潰されたこの心臓に風穴を開けるため、何度ナイフをつかんだかしれない。ひどく興奮して走りまわると、本能的に自分の血管を嚙み切って呼吸を整える高貴な馬がいるって話を聞いたことがある。このところよく思うんだ。ぼくも血管を切って、永遠の自由を得たいとね。

---

45 一二八頁の人物Aと同一人物。

＊

三月二十四日

宮廷に辞表を提出した。受理されると思う。きみたちに事前に了解をとらなかったことはすまないと思っている。ここにはもういられない。きみたちがぼくを思いとどまらせようとしていろいろ言ってくるのはわかっている。だから——母にはやんわりと伝えてくれ。ぼくは自分のことで手いっぱいで、母のことまで面倒見切れないから、あきらめてもらわないと。もちろん母は心を痛めるだろう。末は枢密顧問官[46]か公使かと息子の輝かしき出世街道を夢見ていただろうに、それがいきなり頓挫して、馬小屋に逆戻りしたわけだからね。適当に話をでっちあげてくれ。あのときああすれば辞めずにすんだのにと慰めの言葉を添えてね。それじゃ、ぼくは行く。ところでぼくの落ち着き先を言っておく。じつはこっちにぼくと趣味が合う＊＊という侯爵がいて、ぼくの決心を聞くと、領地にいっしょに来て、美しい春をともに過ごさないかと誘ってくれた。好きなように過ごしてかまわないと約束してくれた。ある程度気心が知れている。だから運を天に任せて、同行するつもりだ。

＊

四月十九日

報告。

手紙を二通ありがとう。辞表受理の通知が届くまでと思って、返事をせずにいた。母が大臣にかけ合って、ぼくの目論見《もくろみ》に水を差す恐れがあるかもしれないと思ったんでね。でも辞表は受理されて、辞令も出た。あまり言いたくないが、辞令はなかなかだしてもらえなかった。大臣が書面でなにを書いてよこしたか知ったら、きみたちはまた嘆くことだろう。公世子[47]が二十五ドゥカーテン[48]を餞別にくれた。そのときの言葉

46 君主の最高諮問機関の構成員。ドイツの各宮廷では十五世紀ごろから官職として規定されるようになり、内政や外交を担った。宮廷での多くの官職が貴族の世襲であるのに対し、市民出身の学識経験者がえらばれるケースが多かった。ゲーテ自身、出仕したヴァイマール宮廷で一七七九年に任命されている。

には涙が出た。そういうわけで、最近、手紙で母に頼んだ送金は不要となった。

＊

五月五日

あす、ここを発つ。生まれ故郷が通り道からわずか六マイル[49]のところなので、もう一度立ち寄って、幸せで夢見心地だった昔の日々を回想したいと思っている。父が死に、慣れ親しんだ土地から出ていくときに、母がぼくを連れてくぐった同じ市門から入るつもりだ。ごきげんよう、ヴィルヘルム。また旅の途上で便りをするよ。

＊

五月九日

故郷詣でを巡礼者の気分で済ませた。いろいろと思いがけない気持ちに襲われたよ。Sへ通じる町の手前十五分のところにある大きな菩提樹の下で駅馬車を止めて下車し、そのまま行かせた。どんな思い出も歩きながら改めて生き生きと味わいたかったからさ。ぼくは菩提樹の下に立った。その菩提樹は、ぼくが少年だった頃、散歩の目的地であって、終着点だった。それにしても、なんという変わりようだろう！　無知とは幸せなもので、当時のぼくは未知の世界に憧れていた。そこには心の糧がいくらでもあって、楽しいことに満ちていると思っていた。ぼくの胸中にはそういうものが欠け

47　ドイツ語圏の国家主権を有した諸侯は父系長子相続制を採用し、現君主の最年長の男子にこの称号が与えられた。ウェルテルのモデルであるカール・ヴィルヘルム・イェルーザレムの父親ヨハン・フリードリヒ・ヴィルヘルム・イェルーザレム（一七〇九〜八九）が、のちにブラウンシュヴァイク＝ヴォルフェンビュッテル侯カール二世となる公世子カール・ヴィルヘルム・フェルディナント（一七三五〜一八〇六）の教育係を務めていた。

48　十三世紀のヴェネツィアにはじまり、十九世紀までヨーロッパ各国で使われた金貨。六七頁の注で紹介している歴史的通貨換算のサイトによれば一グルデン（一八二〇年当時）は現代の約二十四ユーロに相当する。一ドゥカーテンは四グルデンなので、二十五ドゥカーテンは約二千四百ユーロに相当するだろう。

49　ドイツでメートル法が導入される前の長さの単位。地域によりばらつきがあったが、一マイルは約七千五百メートルに相当する。したがって六マイルは約四十五キロに相当する。

ているという感じていた。そしていま、遠い世界から帰還したというわけだ――それにしても、どれだけ当てがはずれ、挫折したことだろう！――ぼくは眼前の山並みを見た。何度も願望の対象にしたところだ。ぼくは何時間でもそこにすわっていられた。親しげに霞んで見える山地の森や谷に迷い込むところを思い描いたものだ。――戻る時間になると、その大好きな場所に後ろ髪を引かれたものだ！　ぼくは町に向かった。なつかしい四阿に挨拶を送ったが、新しいものには嫌悪感を覚えた。いろいろ手を加えた家があって、これも気に入らなかった。門をくぐると、そこは昔のままだった。細かいことまで言及する気はない。かつてぼくを刺激したものも、語ってしまうとオーラを失ってしまうだろう。ぼくは昔住んでいた家のそばのマルクト広場に宿を取ろうと決めていた。途中、年老いた律儀な女性教師が子どもの頃のぼくらを押し込んだ学校が雑貨店に変わっていることに気づいた。思えば、その穴蔵で不安や、泣きたい気持ちや、もやもやした思いを覚え、心を痛めたものだ。――一歩足をだすたび、なにかに気づかされる。聖地を行く巡礼者でも、宗教心を呼び覚ます場所にこれほど多く出会うことはないだろうし、巡礼者の魂が聖なる感動にこれほど打ちふるえることもなかなかないだろう。――数ある思い出の中でも、これだけは書いておこう。ぼくは川下にある農家をめざした。そこも昔よく歩いた道だ。その途中に、ぼくらが平らな石を投げて、水面をはねる回数を競って、腕を磨きあった場所がある。ときおり足を止めながら川面を眺めるうちに当時の記憶がありありと蘇った。ぼくは不思議な思いに駆られながら水の流れを追い、水の流れゆく先がどんなに冒険に溢れているかに思いを馳せ、ついにはぼくの想像力の限界を思い知らされたものだ。それでも水は流れ流れて、流れつづけ、視線の届かないはるか彼方を眺めるうちに、ぼくは自分を見失った。どうだい。これこそ、名にし負う古《いにしえ》の族長たちが味わった感覚じゃないだろうか！　はかり知れない海原と果てしない大地についてオデュッセウスが語るときほど真実に近く、人間的で、切々としたものはない。いまどきの生徒が地球は丸いと教わり、そう言えるから自分は賢いと思ったからって、なんだと言うんだ。

ぼくは侯爵家の狩猟館に到着した。侯爵とはいまのところうまくやっている。じつに誠実で、面倒臭くない。玉に瑕《きず》なのは、話に聞いたり、読んだりしただけのことを話題にし、ほかの人が言ったことを受け売りしてることだ。それに侯爵は、ぼくが胸に秘めているものよりも、ぼくの頭脳や才覚を高く買っている。本当は胸に秘めたものこそ、唯一誇れるものなんだけどね。それがすべての活力と至福と不幸の源だ。ぼくが知ってることなんて、だれでも知りうることだ。——大切なのは心だけだ。

＊

五月二十五日

考えていることがある。実行するまできみたちには伝えずにいようと思っていた。でも、うまくいかなかったから、もうどうでもいい。じつは戦争[50]に行きたかったんだ！　しばらく前からそのことを心に秘めていた。侯爵に付き従ったのも、もっぱらそのためだった。侯爵は＊＊家に仕える将軍だからね。散歩をしたとき、ぼくはこの計画を侯爵に打ち明けた。諫められたよ。侯爵の説得を聞き入れたのは、ぼくの気持ちは情熱とはほど遠く、ただの気まぐれにすぎなかったからだ。

＊

六月十一日

きみにどう言われようと、ぼくはもうここにはいられない。ここにいて、なにをすればいいと言うんだ? 時間をもてあましている。侯爵は厚遇してくれるけど、ここはぼくがいるべきところじゃない。結局、侯爵とぼくが分かち合えるものなんてなにもない。あの方は頭で考える人だ。でも考えることは平凡。侯爵といっしょにいても、よく書けた本を読んだときの楽しみすら感じられない。もう一週間ここで過ごしたら、また放浪の旅に出るつもりだ。ここでやったことで一番よかったのはスケッチだな。侯爵には芸術を感じる心がある。無味乾燥な学問や手垢がついた用語で視野が狭くなっていなかったら、もっと強く感じるだろうに。生き生きとした想像力でもって自然と芸術に誘っても、侯爵はたどたどしい、紋切り型の言葉を振りまわして、うまく言えたと思っている。まったく見苦しいったらない。

---

50 一七七二年におこなわれた第一次ポーランド分割に伴うプロイセンの侵攻を指していると思われる。同年八月、プロイセン王国、ハプスブルク帝国、ロシア帝国の各軍がポーランドに侵攻し、三国の合意によって割り当てられた領土を占領している。

＊

六月十八日

ぼくはどこへ行く気だと思う？　きみを信頼して打ち明けよう。まだ二週間はここに滞在する必要があるけど、その後、○○の鉱山を訪ねる予定だ。といっても、じつはそんな気などさらさらない。やはりロッテのそばにいたい。それ以外はどうでもいい。そんな自分の心を笑いながら――ぼくは自分の望みを叶えるつもりだ。

＊

七月二十九日

いいや、これでいい！　すべて、これでいいんだ！　ぼくが彼女の伴侶《はんりょ》だったらなあ！　神よ、ぼくを創造した主よ、もしもそんな至福をぼくに与えてくれるのなら、ぼくは死ぬまで祈りを捧げるだろう。でも神の意志には逆らえない。涙することをお許しあれ。無謀な望みを抱くぼくをご容赦あれ。――あの人がぼくの妻だったらなあ！　愛しの人を公然と腕に抱けたらいいのに――ヴィルヘルム、アルベルトがあの人の細い体を抱いているかと思うと、居ても立ってもいられない。

これは言ってもいいことかな？　いけないわけはないよね、ヴィルヘルム。あの人はぼくといっしょになった方が幸せになれる！　アルベルトは、あの人の望みをなんでも叶えられる人じゃない。感受性にある種の欠陥がある。――どうとってくれてもかまわないけど、ぼくとロッテが共感している好みの本の一節を読んでも――ああ！――彼の心がいっしょに響き合うことはない。ほかにも、他人の言動に刺激されて、ぼくらの気持ちが高まる機会が何百とある。なあ、ヴィルヘルム！――アルベルトが心からあの人を愛してるのはたしかだけど、あの人にふさわしい愛じゃない――

鼻持ちならない人間がぼくの邪魔をしている。ぼくの涙は涸れ果てた。茫然自失さ。さようなら。

＊

八月四日

これはぼくだけの問題じゃない。人間はだれしも、希望に欺かれ、期待に目眩《めくらま》しされる。菩提樹の下によくいる、あの気のいい女性を訪ねてみたよ。長男が駆け寄ってきた。長男の歓声に気づいて、母親もやってきた。ところが顔がげっそりやつれていて、開口一番こう言った。

「これは、これは！　じつはうちのハンスが死んでしまいました」

ハンスというのは末っ子のことだ。ぼくはなにも言えなかった。

「夫はスイスから戻ってきました」彼女は言った。「でも手ぶらだったんです。親切な人がいなかったら、物乞いをするほかなかったでしょう。旅の途中で熱をだしたんです」

ぼくはかける言葉がなく、子どもに小銭を与えた。母親はぼくにリンゴをいくつか渡そうとしたので受けとって、悲しい思い出が残るその場所をあとにした。

＊

八月二十一日

まるで掌を返すように、ぼくは変わった。たまには人生の喜ばしい面に光が差すことだってある。ほんの束の間だけどね！　夢に溺れるとつい、アルベルトさえ死んでしまえば、なんて考えてしまう！　おまえさえ死ねばいいんだ！　そうすれば、あの人は——そうしてぼくは妄想をたくましくする。その妄想に奈落の淵まで連れていかれ、ぼくははっとしてあとずさる。

市門をくぐると、舞踏会の日、ロッテをはじめて迎えにいったときに通った道になる。あの頃とは様変わりしてしまった！　すべて、本当にすべてが過去のものになっていた！　かつての世界は残滓すらなく、当時脈打った感情は微動だにしなかった。ぼくは自分が、焼け落ちた城の廃墟に舞い戻った亡霊のように思えた。栄華を誇った王侯がその城を築いて、贅の限りを尽くし、死の床では希望に胸をふくらませ、愛する王子にあとを託した、そういう亡霊のように。

＊

九月三日

ぼくはときおりわからなくなる。ぼく以外のだれかが、あの人を好きになれるなんて。どうしてそんなことが許されるんだ。あの人を心の底から熱愛してるのは、ぼくだけだ。ぼくはあの人以外だれも知らず、どうしたらいいかわからない。ぼくにはあの人しかいない。

＊

九月六日

なかなか決心がつかなかったけど、ロッテとはじめて踊ったときに着た簡素な青い燕尾服を処分することにした。すっかりくたびれていたからね。代わりに前のと同じものを新調した。襟も袖も同じ。チョッキとズボンが黄色いところもね。だけど、着心地がいまひとつだ。どうしてかな――そのうちに馴染むだろう。

＊

九月十五日

まだそれなりに価値があるものになんの感慨も持ち合わせない俗物がいる。この地上にいることを神は目こぼしするが、そんな奴は悪魔に取り憑かれてしまえばいいんだ、ヴィルヘルム。クルミの木のことを覚えてるかな？　聖〇〇村の誠実な牧師のお宅で、ロッテといっしょに木陰にすわった、あの立派なクルミの木だよ。どういうわけだか、いつでもぼくの魂を喜びでいっぱいにしてくれた。あの木のおかげで、牧師館は打ち解けた雰囲気を醸しだしていた。枝ぶりがどんなに見事で、涼しかったことか。そして何年も前にそのクルミの木を植えたという牧師たちに思いを馳せたものだ。村の学校の先生が、祖父から聞いたという牧師の名前をぼくらに教えてくれた。立派な人だったらしい。この木の下では、その人の記憶は神聖なものだった。ところが、その木が伐《き》り倒されたんだ。先生がきのう涙ながらに話してくれた。――伐り倒されるなんて！　ぼくは逆上して、最初に斧をふるった俗物を殺したいとさえ思った。そういう木が何本か庭にあって、一本でも枯れようものなら、ぼくは悲嘆に暮れるだろう。それなのに、なにもできなかったなんて。でも、捨てたもんじゃないぞ、人間の感情ってものはね！　この件は村中で不興を買っているらしい。牧師の奥方は、バターや卵などの付け届けが減って、村にどんな仕打ちをしたか実感するといい。というのも、あの老牧師が天に召されて、新しく来た牧師の奥方がやったことなんだ。がりがりに痩せた病弱な女で、そっちが関心を持たないなら、こっちも世間に関心を持つものかと思っている手合いさ。学識があるところを見せようと、経典研究に関わり、最近流行りの道徳的批判的キリスト教改革[51]に首を突っ込み、ラーヴァター[52]の熱狂的な信仰には肩をすくめている。健康に恵まれていないから、神が創造した大地になんの喜びも感じないのだろう。あのクルミの木を伐り倒せるのは、そういう奴に決まってる。ぼくが我を忘れるのもわかるだろう？　考えてもみてくれ。落ち葉が庭を汚し、じめつかせる。木が日差しをさえぎる。実が熟すと、少年たちが石を投げる。そういうことが気に入らない奴なんだ。ケニコット[53]やゼムラー[54]やミヒャエリス[55]を比較検討し、深く考察する邪魔になるというわけさ。村人、とくに老人たちが不満そうだったので、ぼくは声をかけてみた。

「どうして黙って見ていたのですか？」

「田舎じゃ、村長がうんと言えば、どうしようもない」その村人は言った。だけど、ひとつだけ溜飲を下げることがあったよ。村長は、へそまがりの奥方のせいで薄いスープしか飲めない牧師と語らい、木を伐り倒してひと儲けしようと企んだわけだけど、そのことを聞きつけた役所が待ったをかけた。「こちらへ寄こせ」というわけさ。そして木は競売にかけられ、伐り倒された！　ぼくが侯爵だったらな！　牧師と村長と役所を懲らしめて――いや待て、侯爵か！――そもそも侯爵だったら、

51　啓蒙時代になって人間の理性が称揚される中、聖書の記述に見られる不合理を合理化すべく歴史的批判的研究をしたプロテスタント系の新教義派（ネオロギー）を指すと思われる。

52　ヨハン・カスパー・ラーヴァター（一七四一～一八〇一）、スイスの改革派の牧師、思想家。『人相学断章』（全四巻、一七七五～七八年）で顔相、体相などから人間の性格や運勢が割りだせるとする観相学を世に広め、当時の思想界で話題を呼んだ。

53　ベンジャミン・ケニコット（一七一八～八三）、イギリスの神学者。

54　ヨハン・ザロモ・ゼムラー（一七二五～九一）、ドイツの神学者。

55　ヨハン・ダーヴィト・ミヒャエリス（一七一七～九一）、ドイツの神学者。

領内の木なんか気にとめるかな。

＊

十月十日

あの人の黒い瞳をひと目見られたら、ぼくはもうそれだけでいいというのに、アルベルトは幸せそうに見えない。——彼が望むほどにはね。納得いかないよ。——もしも——ぼくが——その立場だったら——ダーシは好みではないけど、ほかに表現しようがない——それにこの方がなにを言わんとしているか明白だろう。

＊

十月十二日

ぼくの心の中では、オシアンがホメーロスにとってかわった。このすぐれた詩人はぼくをすごい世界に導いてくれる。荒野の彷徨。立ち籠める霧の中、朧月に照らされた祖霊を、吹き荒《すさ》ぶ嵐が彼方へと連れ去る。山並みからは、森を縫う川のどよめきにまじって、洞から漏れでた亡霊どものうめき声が聞こえる。死ぬほど悲嘆に暮れる乙女たちの嘆きも聞こえる。乙女たちが囲むのは、勇猛果敢に戦い、命を落とした想い人を葬った塚だ。苔むして、草に覆われた四つの石。そこへ漂泊する白髪の吟遊詩人があらわれる。吟遊詩人は先祖の足跡を求めて広い荒野を歩くが、見いだせるのは塚ばかり。悲嘆に暮れながら愛すべき宵の明星を見あげれば、星は波濤《はとう》逆巻く海に姿を隠す。勇者たちの魂魄《こんぱく》の中で、過ぎ去りし時代が命を吹き返す。勇者が辿った危険な旅路をやさしい星明かりが照らし、花輪で飾られた凱旋の船を月の光が浮かび上がらせる。ぼくは吟遊詩人の眉間に深い苦悩を読みとる。疲れ果て、倒《こ》けつ転《まろ》びつ塚に近づく最後の勇者を見る。死別した仲間の、無力にも薄れゆく影を見ながら、勇者は再三痛いほどに燃えさかる喜びを胸に吸い込む。冷たい大地を見下ろし、背高く生える草が風にそよぐさまを見ながら、吟遊詩人は叫ぶ。

「旅人来たれり。我が麗しの日々を知る者来たりて、問わん。『歌い手はいずこ？　フィンガル王[56]の名にし負う子はいずこ？』彼の者は我が墓を踏み越え、虚しく大地に我を捜し求めるだろう」

どうだい！　ぼくは高貴な剣士さながらに得物《えもの》を抜き放ち、尽きゆく命の断末魔の苦痛から主君を一気に解放したいと思う。そしてぼくの魂にも、解き放たれた半神のあとを追わせたい。

＊

十月十九日

ああ、虚《うつ》ろだ！　身の毛のよだつほど虚ろだ！　ぼくはよく考えるんだ！——せめて一度、一度でいいから、あの人を胸に抱きたい。そうすれば、虚ろな心は漏れなく満たされるだろう。

＊

十月二十六日

そうなんだ！　ますますそう思えてきた。人間の存在なんて紙屑同然ということ。

どうだっていい女友だちがひとり、ロッテを訪ねてきた。ぼくは隣の部屋に移って本を手にとった。でも読む気になれない。そこでペンをとって書きものをはじめた。ロッテたちの話し声がかすかに聞こえる。町で最近起きたことなど、とりとめのない話をしている。だれそれが結婚したとか、だれそれが病気にかかって重体だとか。

「あの方、空咳をして、顔がげっそりやつれて骨張っているの。意識もなくて、もう長くないと思う」客が言った。

「〇〇さんも、お加減が悪いそうよ」ロッテが言った。

「あの方はすでにむくみが出ているわ」客が言った。

想像力たくましいぼくは、この哀れな人たちが床に臥しているところを思い描いた。人生に背を向けたくない一心で懸命に抗《あらが》う姿がまざまざと見えた。その人たちは——ヴィルヘルム、ご婦人方のしゃべり方といったら、本当に人ごとのようだった。——そしてふと目を上げ、部屋を見まわすと、まわりにロッテの服がかけてあり、机にはイヤリングが置いてあった。それからアルベルトの書類も。慣れ親しんだ家具

56　三世紀頃のスコットランドにいたと言われる伝説の王。オシアンの父。

やインク壺まであるじゃないか。そして思った。見ろよ、おまえはこの家にとってどういう存在か。ここに住む友人たちに敬愛される存在だ！　ふたりの喜びの源であり、おまえ自身もふたりなしにはいられない。だけど——もしおまえがいなくなったら、どうだ？　この友だちの輪から出ていったら、どうなるだろう？　おまえを失うことで、自分たちの運命にぽっかり開いたうつろな気分を、ふたりはいつまで感じるだろう？　いったいいつまで？——ああ、人間は儚い存在だ。この世に存在したという生きた証を、愛する者たちの思い出や魂にはっきり刻みつけたとしても、消えてなくなるほかない。しかも時間をかけずに！

＊

十月二十七日

この胸を引き裂き、脳天を串刺しにしたくなる。結局、人間は互いにほとんど無関係ってことだ。愛情、歓喜、温もり、ときめき、自分で生みだせないそうしたものを、ぼくにはだれも与えてくれないだろう。ぼくは有頂天になっても、目の前で心が冷え、呆然と立ち尽くす人を幸せにすることはないだろう。

＊

十月三十日

ぼくはもう百回はあの人に抱きつきそうになった。目の前であんな愛くるしさを見せつけられても、手がだせないなんて。手を伸ばしたくなるのは自然な衝動だ。子どもなら、気に入ったものをなんでもつかもうとするじゃないか。なのに、ぼくにはできないなんて、どうしてだ？

＊

十一月三日

このところ寝床に入ると、このまま目が覚めなければいいのにと思い、期待することがある。でも、朝になると目を開け、ふたたび太陽を見て落ち込む。天気や他人のせいで企てが不首尾に終わったと言い張れるくらい身勝手になれたらいいのに。そうすれば不機嫌という耐え難いお荷物も半減するだろう。悲しいかな、ぼくはなにもかも自分の責任だと感じて、――いや、責任はないだろう！　まあいいさ、惨めさの源はすべてぼくの中にある。昔は至福の源も秘めていたんだが。もう昔とは違うのだろうか？　昔は溢れる感性に包まれてふわふわしていた。足を一歩前にだすたび楽園がついてきた。世界全部が愛《いと》しくて抱きしめたいと思ったものだ。けれども、そういう気持ちは息絶えてしまった。ぼくの心から流れでる恍惚感なんてもうない。両の目は乾き、溢れでる涙で潤うことのない感覚に不安を呼びさまされ、眉間にしわを寄せる。ひどく苦しい。人生でたったひとつの喜びが失われたからだ。身のまわりに世界を創出するのに必要だったあの神聖な活力。あれも枯渇してしまった！――窓から彼方の丘を見やると、丘を包む霧に朝日が差し、静かな草原を照らし、葉を落とした柳の林を縫って、ゆるやかな川の流れが蛇行している。そんな素晴らしい自然が、いまはぼくの目の前でニスを塗った絵画のように動きを止めてしまった。かつて心から迸《ほとばし》りでた至福を脳味噌へと送り込んでいた歓喜の雫はもはや一滴も残っていない。神の前に我が身をすべてさらしたのでは、涸れ井戸、穴の開いたバケツと同じじゃないか！

ぼくはよく地面にひれ伏して、涙を流したいと神に祈る。ちょうど青銅色に天が晴れ上がり、大地が干からびたときに雨乞いをする農民のように。

けれども、ぼくは感じる！　神が雨と日の光を恵んでくれるのは、ぼくらが懇願するからじゃない。思いだすだけで苦しくなるが、あの頃はどうしてあんなに幸せだったのだろう？　あの頃は、神の思し召しをじっと待ちつづけ、神がふりまく喜びを心の底から感謝しながら受けとったからだ。

＊

十一月八日

不摂生だ、とロッテにたしなめられたよ！　でも、愛情たっぷりにだ！　不摂生というのは、一杯のつもりが、ワインをひと瓶空けてしまったことを言っているんだ。「およしなさい！　わたしのことを思って！」と。

「思っていますとも！」ぼくは言った。「命令するまでもありませんよ。ぼくは思っています！——でも思ってるなんてものじゃない！　いつでもあなたを脳裏に浮かべています。きょうも、最近あなたが馬車を降りたところにすわっていました」

すると、あの人は話題を変えた。ぼくをそのことに深入りさせたくなかったんだ。

もうだめだ！　ぼくはあの人のいいなりだ。

＊

十一月十五日

感謝するよ、ヴィルヘルム。ぼくのことを心底気にしてくれているんだね。思いやりのある忠告はありがたかった。だけど、頼むから落ち着いてくれ。やれるだけやらせてくれないか。たしかにへとへとだけど、まだやり抜く力は残っている。知ってのとおり、ぼくは宗教を尊重している。疲れ果てた者にとっては杖も同じ。瀕死の者には一服の清涼剤と言える。ただし——だれにとってもそうだろうか？　広い世界を見渡してみてくれ。教えに触れようが、触れまいが、宗教が救いにならなかった人や救いになりそうもない人が山ほどいるぞ。それでも、必ずぼくの救いになると言えるか？　神の子イエスだって言っている。

「わたしのまわりに集いしは、父なる神が与えたもうた人たちである」

もしぼくがイエスに与えられた者のひとりでなかったらどうだろう？　もしも父なる神が手元に置きたいと思っているのだとしたらどうかな？　じつを言うと、ぼくの心がそうささやいているんだ！　頼むから、誤解しないでくれ。これは無邪気な人間の口から出た言葉で、愚弄する気はさらさらない。ぼくの心を余さずきみに見せているだけだ。さもなかったら、だんまりを決め込んでいる。ほかの人間もよくわかっていないことについてあれこれ言うのは、ぼくだって好きじゃない。自分の分をわきまえて苦しみ抜き、自分の杯を飲み干すというのは人間の定めにほかならないんだろうな。——天上の神にとっても、人の子として降臨したとき口にした杯は苦すぎた。なんでぼくがむりして甘くておいしいというふりをしなくちゃならないんだ？　生きるべきか死ぬべきかを迷い、ぼくの全存在が打ちふるえる一瞬がある。未来という暗黒の奈落を稲光のごとく過去が照らす束の間。周囲のものがことごとく沈み、ぼくもろとも世界が崩壊する刹那。そんなぞっとする瞬間に、どうしてぼくは自分を恥じたりしなくちゃならないんだ？——そういうときには、うちに籠って、己を見失い、どこまでも堕ちていく被造物の声がするんじゃないかな。それは必死に浮かび上がろうと足掻《あが》く人間が歯嚙みして、心の奥底から絞りだす声だ。「神よ！ 神よ！ なにゆえわたしをお見捨てになったのか？」とね。こんなことを言うのは恥ずべきことかな？ この瞬間が訪れるのを恐れおののくべきだろうか？ 天を衣のようにまとうお方でさえ、この瞬間は免れえないというのに。

*

十一月二十一日

ロッテは自分とぼくを破滅させる毒を持っている。なのにそう思っていないし、感じてもいない。そしてロッテが差しだす杯を、ぼくは嬉々として飲み干す。駄目だと知りつつ。あの好意的なまなざしはなんだろう。ロッテはしばしばそういうまなざしでぼくを見る。——しばしば？——いや、しばしばとは言えないかな。だけど、ときどきそういう目つきをする。ぼくが思わず本音を漏らしたときの愛想のよさ。ぼくが耐えているときに、彼女の眉間に浮かぶ哀れみの情。

きのうぼくが帰ろうとしたとき、ロッテは手を差しだしてこう言ったんだ。

「ごきげんよう、愛しのウェルテル！」

愛しのウェルテルだぞ！　ぼくの名前に「愛しの」なんてつけてくれたのははじめてだ。身体中がふるえた。ぼくはその言葉を何百回も繰り返した。昨夜、寝床に入るとき、いろいろ独り言を言ってから、「おやすみなさい、愛しのウェルテル！」と言ってみた。おかしくなって吹きだした。

＊

十一月二十四日

ぼくが我慢してることを、ロッテは感じとっている。きょうはぼくの心を覗き込んできた。ぼくと彼女のふたりだけだった。ぼくはなにも言わず、ロッテはぼくをじっと見つめた。彼女の愛くるしい美しさも、すぐれた精神の輝きも、ぼくの目には映じなくなった。すべてが眼前から消え失せた。あの素晴らしいまなざしは効果覿面《てきめん》だ。心の底から甘い憐れみを向けていることがまざまざとわかるまなざし。彼女の足元にひれ伏したいのに、彼女の首にキスの嵐を降らせたいのに、どうしてそうしてはいけないのだろう？――ロッテはピアノに逃げ場を求め、弾きながら甘く静かな声でハーモニーを口ずさんだ。ロッテの唇にあんなに魅了されたことは金輪際ない。ピアノから溢れでる甘い音色に誘われて、それを飲みこもうとするかのようにひらいた唇。そしてそのかわいらしい口元から密やかな木霊《こだま》のようにその声は響いた。――ほかに言葉がない！　そのうち、ぼくは堪えきれなくなって頭《こうべ》を垂れ、こう胸に誓った。

「天の精霊が漂う唇よ、むりやりおまえに口づけしたりするものか」

それなのに――ぼくときたら――ほら、ぼくの魂は障壁で二分されている。――一方は至福――もう一方は破滅、贖罪《しょくざい》の道。――贖罪？

＊

十一月三十日

ぼくは正気に戻れそうにない。どこへ行っても、度を失う羽目に陥る。きょうもそうだ！　宿命よ！　人間よ！

昼時にぼくは水辺に出かけた。食欲がなかったんだ。なにもかもが寂寥として、湿った冷たい西風が山から吹きおろし、灰色の雨雲が谷間に垂れ込めていた。遠くに灰色の仕立ての悪いコートを着た男がいた。岩場を這いまわって、薬草探しをしているように見えた。近づくと、男はぼくの足音に気づいて振り向いた。男はなかなかおもしろい人相をしていた。静かな悲しみをたたえているが、それ以外は実直で善良そうだった。左右の黒髪はそれぞれ丸めてピンで止め、残りはざっくり編み上げて、背中に垂らしている。服装から見て、身分が低そうだったので、なにをしているかじろじろ見ても、悪くはとらないだろうと思い、なにを探しているのかたずねてみた。

「花を探してる」男は深いため息をつきながら答えた。「だけど——ぜんぜん見つからなくて——」

「それは季節が悪い」ぼくは微笑みながら言った。

すると、ぼくのところへ下りてきながら、男が言った。

「ただの花ならたっぷりあるさ。うちの庭には薔薇とスイカズラがある。ひとつはおやじからもらった。雑草みたいに繁茂してる。ところが二日も探してるってのに、まるっきり見つからない。うちにはいつだって花がある。黄色いの、青いの、赤いの。センブリの花もきれいだ。なのに、ひとつも見つからない」

ぼくはなにか変だと気づいて、遠回しに訊いてみた。

「花が見つかったらどうするんです？」

男は顔をしかめて引きつるような笑い声を上げた。

「秘密を守るなら教える」男は口に指を当てながら言った。「じつは俺のいい人に花束をやると約束したんだ」

「それは殊勝ですね」

「ふん、ほかのものは持ってる。金持ちだからな」

「でも、あなたの花束なら大事にするでしょう」

「どうだか！　あいつは宝石も冠も持ってる」

「その人の名前は？」

「ネーデルラント連邦共和国[57]がちゃんとおれに報酬を払ってくれりゃあ、こんなに落ちぶれちゃいない！　すごい時代だったよ。俺は羽振りがよかった。だけど、いまはこの体たらくだ。俺はもう」

涙を湛《たた》えて天を仰ぐまなざしがすべてを物語っていた。

「では幸せだったのですね？」ぼくはたずねた。

「ああ、昔に戻りたいよ！　あの頃は恵まれていた。愉快で気楽な人生だった。水を得た魚のようだった！」

「ハインリヒ！」こちらへ歩いてきた年配の女が叫んだ。「ハインリヒ、こんなところにいたのかい。さんざん捜したじゃないの。食事だよ」

「あなたの息子さんですか？」ぼくは女の方に歩み寄ってたずねた。

「ええ、あたしのかわいそうな息子です」女が答えた。「神さまに重い十字架を背負わされまして」

「いつからこうなんですか？」

「おとなしくなったのは、ここ半年ですかねえ。この程度で済んでくれて御の字です。その前の一年間なんか、ひどく暴れまわったもんです。おかげで、その筋の施設で鎖につながれていました。いまはだれにも悪さはしません。ただいつも王さまがどうの、皇帝陛下がどうのと言うようになって。昔は物静かで善良な子だったんです。あたしを養い、字もきれいに書けたのに、急に考え込むようになって、ひどい熱をだし、暴

57　十六世紀から十八世紀にかけて現在のオランダとベルギー北部に存在した国。

れるようになったんです。でもいまはご覧のとおりです。どうかお聞きください」

ぼくは質問をぶつけて、立板に水のごとく話す女をさえぎった。

「息子さんはさっき、あの頃は幸せだった、羽振りがよかったと自慢していましたが、いつのことですか?」

「この子はまともではないのです」女は哀れむような笑みを浮かべて言った。「それは正気を失っていたときのことでして、その頃を懐かしんでいるのです! 施設に入れられていたことはなにひとつ覚えていないんです」

ぼくは雷に打たれたような衝撃を受け、硬貨を一枚、女に握らせると、急いで立ち去った。

「そのときが幸せだったとは!」足早に町へ戻る途中、ぼくはそう叫んだ。「水を得た魚のようだっただと?――天にまします神よ! これがあなたの定めた人間の宿命か。理性をもつ前か、理性をなくしたあとでなければ、人間は幸せになれないのか! 哀れな奴だ。だがおまえの曇った心と錯乱がむしろ羨ましい! おまえは女王に花を摘むため、期待に胸膨らませて出かける――冬の最中に――そしてぜんぜん見つからないと悲しむが、なぜ見つけられないか理解することはない。ぼくはといえば――希望もなく、目的もないまま家を出て、また来たところに戻る。——ネーデルラント連邦共和国が報酬を払えば、ひと廉《かど》の人間になれたはずだと信じ込んでいる。幸せな奴だな、俗世が邪魔をするから至福の境地に達しないと言い張れるのだから。——おまえは感じないんだな！　おまえの壊れた心といかれた頭が、おまえの悲惨の原因だとは。世界中の王さまが束になっても、おまえを救えはしないのに。

はるか彼方の泉めざして旅に出て、かえって病を重くし、痛ましい末路を辿る病人をあざける奴よ、惨めに死ぬがいい。にっちもさっちも行かず、良心の疼きから解放され、魂の苦しみから逃れたいがばかりに聖墓[58]への巡礼に発つ者を見下す輩も同罪だ！　道なき道を一歩進むたび、巡礼者の足裏は切り裂かれる。その一歩一歩が不安に怯える魂を慰める一滴の妙薬だ。そんな長い旅の日々をつづければ、心の重荷は軽くなっていくだろう。——それを妄想と呼んで片づけていいのか——安穏として言葉を弄《もてあそ》ぶ者たちよ——妄想！——神よ！　ぼくの涙が見えるか？——あなたは人間を

58　エルサレム旧市街にあるイエス・キリストが復活する前に葬られたとされる石墓。現在その地には教会が建てられ、聖墳墓教会と呼ばれている。

かくも哀れな存在に創造した。その上なぜこんな同胞まで押しつけるのか。わずかな持ちものと少しばかりの信頼までも奪いとる輩ではないか。しかもその信頼はあなたに対するもの。あなたへの信頼なのだ、すべてを愛する神よ。なぜなら薬草やぶどうの滴を信じるのは、あなたを信じることに等しいからだ。ぼくらのまわりにいる者すべての病を癒したり、苦痛を緩和したりする力、ぼくらが日々必要とする力を授けたのはあなたなのだから。――ぼくの知らない父よ！　かつてぼくの魂を充足させていた父よ、ぼくから目を背けるのか！　あなたの御許にぼくを呼んでほしい！　沈黙をつづけるのはもうやめてくれ！　あなたが沈黙をつづけると、この渇いた魂は抑えが利かなくなる。――思いがけず帰還した息子がこんな言葉を吐くとする。

「お父さん、いま帰りました。お父さんの言いつけどおり、まだまだつづけるべきなのに、遍歴を打ち切ってしまいました。でも、どうか怒らないでください。この世界では、どこへ行っても、労を惜しまず働けば、報いと喜びが得られます。でも、ぼくがそんなものを得てどうしろというのですか？　ぼくが幸せをつかめるのは、お父さんがいるところだけです。お父さんの前で、ぼくは苦しんだり、楽しんだりしたいのです――」

天にましますや父よ、それでも息子を追い払うのか？

＊

十二月一日

ヴィルヘルム！このあいだ手紙に書いた男、あの幸運な不幸者のことだが、ロッテの父親のところで書記をしていたそうだ。不幸にもロッテに情念を抱いて、密かに育んでいたが、隠し切れず、職を追われて正気を失ったらしい。こんな無味乾燥な書き方で悪いが、この話を聞いて、ぼくの心は千々に乱れた。どうか察してほしい。その話を聞かせてくれたのはアルベルトだ。こともなげにね。きみもこれを読んでなんとも思わないかな。

＊

十二月四日

まいったよ——万事休す——もうこれ以上耐えられない。きょうはロッテといっしょにすわっていた。——そう、ぼくはすわっていて、ロッテはピアノを弾いた。いろいろな曲を弾いた。その表現と言ったら！　完璧！　完璧だった！——きみならどうする？——ロッテの妹がぼくの膝に乗って人形の着せ替えをしていた。ぼくは目頭が熱くなった。うつむくと、彼女の結婚指輪が目にとまった。——涙が流れたよ——するとロッテはいきなりあの甘く懐かしい曲を弾きだしたんだ。唐突だった。心が和んだ。そしていろいろな思い出が蘇った。この曲を聞いたあのとき、このとき、ロッテから離れていた暗い時期にうんざりさせられたことや期待はずれだったことなど。それから——胸が潰れそうになって、ぼくは部屋の中を行ったり来たりした。「頼むから」感情が爆発して、ぼくはロッテのところに駆け寄った。「頼むからやめてくれ」

ロッテは弾くのをやめて、ぼくをじっと見つめた。

「ウェルテルさん」ロッテは微笑みながら言った。その微笑みがぼくの魂を刺し貫いた。「ウェルテルさん、お加減がだいぶ悪いようですね。もうお帰りになって！　どうか心を鎮めてください」

ぼくは体を引き剝がすようにして、ロッテと別れた。そして――神よ！　ぼくがどんなにみじめかわかるか。もう終わりにしてくれ。

＊

十二月六日
面影がぼくを追いかけてくる。寝ても覚めても、ぼくの胸は彼女の面影でいっぱいだ。目を閉じても、内なる視力が集まっているこの額のうちに、彼女の黒い瞳が浮かぶ。ここだよ！　うまく表現できないが、目を閉じると、彼女の目があらわれるんだ。海か奈落かと見紛う彼女の目が眼前に漂い、ぼくの内部、ぼくの脳内の感覚を飽和させてしまう。
人とはなんだろう？　誉れ高い半神だというのか！　力をもっとも必要とする肝心なときに、脱力してしまったりしないか？　うれしくて舞い上がっているときでも、苦しくて沈んでいるときでも、人間はそこにとどまることはない。忘我の境地にいたいと願っても、毎度毎度、冷たく鈍感な意識に引きもどされる。

＊

十二月八日

ヴィルヘルム、この世には悪霊に取り憑かれたとしか思えないような不幸な人がいる。ぼくはいままさにそういう状態だ。ぼくもときどき悪霊に取り憑かれる。不安はないし、欲求も感じない！　心の内から得体の知れない激情が沸き上がって、胸が引き裂かれ、喉を絞められそうになる！　苦しい！　苦しい！　そういうとき、ぼくは人間には向かないこの季節の恐ろしい夜にあたりを歩きまわることにしている。ゆうべも、出かけるしかなかった。日が暮れる前に、川という川が溢れ、ヴァールハイムでもぼくが気に入っている谷がすっかり水浸しだという。夜の十一時に家を出た。すさまじい光景だった。月明かりの中、大地をえぐるような逆巻く水の流れを岩場から見下ろした。畑、牧草地、植込みなどすべてを飲み込み、唸りを上げる風の中、広い谷は一面、荒海と化していた。月がふたたび顔をだして黒雲の上にとどまり、目の前で月明かりをきらきらと反射させながら水が波打ち、ごうごうと音を立てていた。ぼくは怖気《おぞけ》をふるったが、それでいて惹かれるものがあった！　ああ！　両腕を広げて、ぼくは深淵に立ち、下に向けて息を吐いた！　下に向かって、苦痛や苦悩を洗いざらい吐きだし、歓喜に浸り、波に負けじと叫びたいと思った。おお！　そして地面から足を上げる！　しかしできなかった。すべての苦痛を終わらすこともできなかった！――ぼくの時計はまだ止まらない――そう感じるんだ！　ヴィルヘルム、暴風と共に雲を切り裂き、洪水に身を投じられるなら、もうなにもいらないと思った。くそっ！　人生の牢獄につながれた者にだって、もしかしたらそういう喜びを味わえるときが訪れるんじゃないかな！――

ぼくはある場所を見下ろして、暗澹たる思いに襲われた。暑い日にロッテと散歩をして、柳の木の下で休んだ場所だ。そこも洪水に飲み込まれ、柳の木も見あたらなかった！　ヴィルヘルム、牧草地や彼女が暮らす狩猟館のあたりはどうなっているだろう、とぼくは思った。四阿は激しい流れに襲われてしまったに違いない。日の光が降り注いでいた昔日の光景が目に浮かんだ。――異国で虜囚となった者が炉端や牧草地や名声を夢に見るようなものだ。ぼくは立ち尽くした！――だがそんな自分を責めはしなかった。死ぬ覚悟はあったからね。――いざとなれば――これでは、垣根で薪木を拾い、家々を訪ねてパンを恵んでもらう老婆と変わらない。なんの楽しみもなく死に至る存在だというのに、少しでも長く生きて、楽になろうとするなんて。

＊

十二月十七日

これはどういうことだ？　我ながら恐ろしい！　ロッテへの恋慕はこの上なく神聖で、純粋で、友愛の極みじゃなかったのか？　邪《よこしま》な願望を心に抱いたことがあるだろうか――ないとは言えない――といっても――夢では見た！　こうした矛盾する結果になるのは未知の力によると、昔の人は感じていたが、それにも一理ある。昨夜だってそうだ！　口にするのもはばかられるけど、ぼくは彼女を腕に抱き、胸に押しつけて、なにかささやく彼女の唇に何度も何度もキスをした。彼女のまなざしに、ぼくは酔いしれ、溺れる。なんということだろう！　この燃えるような喜びを思いだして切なくなる。これはいけないことだろうか。ロッテ！　ロッテ！――もうおしまいだ！　訳がわからない。この一週間、まともに考えることもできず、涙が涸れることがない。どこだろうと、ぼくは満たされないのに、満たされている。願望など一切なくなり、なにも欲しくない。去った方がよさそうだ。

編者から読者へ

わたしたちの瞠目すべき最後の日々について微に入り細に入り物語るためには、彼の手紙から一旦目を移し、ロッテやアルベルトや使用人など目撃者の証言をまとめる必要があるだろう。

ウェルテルの情熱はアルベルトとロッテの夫婦仲をしだいにこじらせ、一方、アルベルトの愛情は律儀な男らしい静かで誠実なもので、ロッテへの気遣いは仕事のせいでなおざりになっていった。アルベルトは、婚約していた頃といまは事情が違うと口にだして言うことはなかったが、ロッテに好意を寄せるウェルテルを内心おもしろく思っていなかった。自分の権利を侵害するもの、暗黙の非難と受けとったようだ。そのせいでアルベルトは皮肉を言うようになった。それには公務が忙しくなる一方で思うように行かず、薄給であることも手伝っていた。ウェルテルの方も、交友相手としての魅力が乏しくなっていた。心に抱える不安によって精神力が枯渇し、生気と才気がむしばまれていったからだ。こういう状態が、とうとうロッテにも伝染し、鬱々とするようになった。アルベルトはロッテがウェルテルに熱を上げているせいだと思い込み、ウェルテルはアルベルトが態度を豹変させたことをロッテが気にしていると解釈した。ウェルテルとアルベルトは顔を合わせるたびに猜疑心を呼び覚まされ、いたたまれなくなった。アルベルトは、ウェルテルがいるあいだはロッテの部屋に足を向けなくなった。そのことに気づいたウェルテルは、何度かロッテと距離を取ろうとしたが、気持ちが抑えられず、アルベルトが公務で不在のときを狙って訪ねるようになった。だがそこからまた新たな不満が生じ、互いの不信感が嵩じて、アルベルトがかなりそっけない口調でロッテにこう言うに至った。

「世間体を考えるんだ。ウェルテルとの付き合い方は変えて、足しげく通ってこないように言ってはどうかな」

おおむねこの時期に、かの哀れな若者の心の中で、この世を去る決心が固まった。以前から心に秘めていたアイデアだったが、ロッテのところに舞い戻ってからは、ますますその考えに付きまとわれるようになっていた。

だが、慌ててはいけない、勢いに任せてはいけないと自分に言い聞かせ、もうこれしかないと確信してから、落ち着いて決心を固めて、ことに及ぼうと思っていた。ウェルテルが迷い、葛藤していたことは、一枚のメモから読みとれる。そのメモはおそらくヴィルヘルム宛に書きかけた手紙だろう。日付はなく、ウェルテルが遺した書類の中から見つかった。

＊

彼女の存在、運命、ぼくの運命との関わり、それがぼくの焦げついた脳味噌から最後の一滴まで涙を絞りだす。幕を上げて、その奥へ歩を進める。それだけのことなのに！　どうしてためらい、怯《ひる》むのだろう？――幕の奥がどうなっているかわからないからだろうか？――行ったら最後、戻れないのだろうか？――よく知らないところを混沌として、闇に包まれていると想像してしまうのは、ぼくら人間の精神の性ということか。

公使のところで働いたときの嫌悪感を、ウェルテルは忘れることができなかった。そのことに触れることはほとんどなかったが、ごく稀に話題にしたときだけでも、ひどく名誉を傷つけられ、この一件であらゆる仕事と宮仕えにうんざりしていたと推察される。その結果、手紙にあるような驚くべき感じ方や考え方をするようになり、極端な情熱を抱き、ついには持ち前の行動力をことごとく消し去ることになってしまった。それでも愛すべき素晴らしい女性と悲しい交際をつづけ、その人の生活をかき乱し、目標も見込みもないまま、むやみに自分の力をすり減らして、とうとうあの恐ろしい行為に及んだのだ。

＊

十二月二十日

ぼくの言葉をそういう風に受け止めてくれて本当に感謝するよ、ヴィルヘルム。きみの言うとおり、ここを去った方が良さそうだ。それでも、きみたちのところに戻れという提案には承服しかねる。もう少し回り道がしたい。凍土になって、道も通りやすくなりそうだ。きみが迎えにきてもいいと言ってくれたのはうれしかったよ。ただもう二週間待ってくれないかな。次の手紙で事情を説明する。必要なのは、熟すまで摘みとらないことさ。二週間あるかないかは大違いだ。母にはこう伝えてくれ。「息子のために祈っていてほしい。いろいろいやな思いをさせて申し訳なかった」喜ばせるべき相手を悲しませるのは、ぼくの性分だ。さようなら、だいじな友。天の祝福がきみにあるように！　さようなら！

この手紙をウェルテルが書いたのは、クリスマス前の日曜日だ。夕方、彼はロッテを訪ねている。ロッテはひとりで家にいて、弟や妹に贈るクリスマスプレゼントのおもちゃを準備していた。ウェルテルは、子どもたちが喜ぶことだろうと言って、自分にも、いきなりドアが開いて、ろうそくやお菓子やリンゴで飾ったクリスマスツリー59

が運び込まれるのを見て、楽園にでもいるかのようにうっとりしたことがあると話した。

「あなたも」ロッテは困惑しているのを愛らしい笑みでごまかしながら言った。「お行儀よくするなら、プレゼントがもらえますよ。飾りろうそくかなにかを」

「お行儀よくって、どういうことですか?」ウェルテルは叫んだ。「どうすればいいのです? どうすればそうなれるんですか、ロッテ?」

「クリスマスイヴは木曜日ですね。子どもたちも、お父さまも、うちに来て、プレゼントをもらうことになっています。あなたも来てください——でも、それまでは来るのを控えてください——」

ウェルテルははっとした!

「お願いです」ロッテは話しつづけた。「仕方ないんです。わたしをそっとしておいてください。このままではいけません。むりなんです!」

59 クリスマスのために木を飾りつける風習はドイツ発祥で、文学作品ではじめてクリスマスツリーに言及したのは本作だとされている。

ウェルテルはロッテから目をそむけると、部屋の中を行ったり来たりし、歯のあいだから絞りだすようにつぶやいた。

「このままではいけないのですか！――」

自分の言葉でウェルテルを追い込んでしまったことに気づいたロッテは、ウェルテルの気をそらそうと、いろいろ質問をしたが、不首尾に終わった。

「わかりました、ロッテ」ウェルテルは叫んだ。「もうお会いしません！」

「なぜそんなことをおっしゃるの？　ウェルテルさん、またおいでください。おいでくださらなくては。ただ、もう少し控え目にしてもらいたいだけなんです。あなたはどうしてそんなに激しい気性で生まれたのかしら。一度つかんだものを絶対に離すまいとするあなたの執念といったら」ロッテはウェルテルの手を取ってつづけた。「お願いですから、気持ちを抑えてください。あなたの精神、知識、才能をもってすれば、さまざまな喜びも思いのままのはずです！　どうか男らしくしてください。あなたを哀れむことしかできないこんな女に未練をもつような悲しいことはどうかおやめください――」

ウェルテルは歯がみし、暗い表情でロッテを見た。

ロッテはウェルテルの手を離さなかった。

「少し気を鎮めてください、ウェルテルさん。あなたは自分を騙していると思いませんか？　なぜわたしでなくてはいけないのですか！　ウェルテル！　よりによってわたしを！　人妻なのですよ。そんなわたしを！　もしかして、そう、もしかしてわたしを手に入れることが不可能だから、そういう願望に刺激されているのではありませんか？」

ウェルテルは手を引っ込め、不機嫌そうに硬直したまなざしでロッテを見据えた。

「なるほど！　なるほどわかりました！　アルベルトにそう言われたのですね？　うまいことを言う！　じつにうまい！」

「だれにでも言えることです。世界は広いのに、あなたの願望を満たしてくれる女性がほかにいないと言うのですか。気を取り直して、探してみてください。誓って見つかるはずです。ずっと前から心配だったのです。あなたはご自分とわたしたちを枠にはめ、がんじがらめにしていると。気をしっかり持ってください！　愛を捧げるにふさわしい方を探せば、きっと見つかります。そうして戻ってきてください。そして真の友情を分かち合い、喜びを共にしましょう」

「その言葉を印刷して」ウェルテルは冷ややかに笑いながら言った。「貴族子弟の教育係たちに推薦したいですね。ロッテ、もう少し好きにさせてくれませんか。いずれ方がつきますので――」

「ウェルテルさん！ クリスマスイヴまでお待ちいただくこと、それだけお願いします！――」

ウェルテルが答えようとしたとき、アルベルトが部屋に入ってきた。お互い冷ややかに「こんばんは」と言い、落ち着きなく部屋の中を行ったり来たりした。ウェルテルは当たり障りないおしゃべりをはじめたが、すぐに話題が尽きた。アルベルトも同じように、頼んでおいた用事がどうなったかと妻にたずねた。だがまだ片づいていないとわかると、きつい物言いをした。それはウェルテルの癇に障った。ウェルテルは帰ろうとしたが、それもできず、夜の八時になるまでぐずぐずしていた。不快な気分と不機嫌は募るばかり。夕食の用意がはじまったところで、ウェルテルは帽子とステッキを手にとった。すると、アルベルトが社交辞令で、帰りかけているウェルテルに、いっしょに食べていかないかと声をかけた。

ウェルテルは家に帰ると、主人の足元を照らそうと出てきた使用人の手から明かりをとり、ひとりで自分の部屋に入るなり大声で泣き、興奮してわめきちらしながら部屋を行ったり来たりして、最後に服を着たままベッドに身を投げた。午後十一時頃、おそるおそる部屋を覗いた使用人は、ウェルテルがまだそのまま寝床に入っているのを見つけ、ブーツを脱ぐ手伝いをしようかとたずねた。ウェルテルはそうしてくれと言ってから、翌朝は呼ぶまで入ってこないようにと告げた。

十二月二十一日、月曜日の朝、ウェルテルはロッテ宛に次の手紙をしたためた。この手紙はウェルテルの死後、封をしたまま机に置かれているのが見つかり、ロッテに届けられたものだ。これまでのいきさつから見て、何回かに分けて書かれたことは明らかだ。ここでは段落ごとに適宜挿入する。

*

「決めましたよ、ロッテ。ぼくは命を絶ちます。あなたに会う最後の日となるきょうの朝、感傷的に気を高ぶらせることもなく、淡々とこれを書いています。あなたがこれを読むとき、落ち着きのない不幸な男の硬直した体はすでに冷たい墓の中でしょう。男は死ぬ間際まであなたと語りあうことをなによりも楽しみにしていました。昨夜は恐ろしい一夜を過ごしました。いや、慈《いつく》しみ深い一夜だったとも言えるでしょう。ぼくのぐらついていた心を固めさせてくれたのですから。ぼくは命を絶ちます。きのうはあなたから身を引きはがし、ひどく気が高ぶっていました。あらゆるものがぼくの心に一気に押し寄せ、あなたのそばにいても、ぼくにはなんの望みも喜びもないと自覚して、心が冷え切ってしまいました。自分の部屋に辿り着くなり、我を忘れてくずおれてしまいました。神よ！　あなたが最後にくれた慰めが、これほど苦い涙だったとは。ぼくの心の中を無数の計画や展望が駆け巡りました。そしてひとつの結論に達しました。ぼくは命を絶ちます！――

ぼくは体を横たえました。朝になって静かに目覚めたあとも、心変わりはしていません。もはや心が揺らぐことはないでしょう。命を絶ちます！――これは絶望ではなく、確信です。耐え抜いたのだという確信。あなたに身を捧げるのだという確信なのです。そうなんです、ロッテ、もはや黙っている必要はないでしょう。わたしたち三人のうちのだれか一人が消えなくては。そしてそれはぼくがいい。この千々に乱れた胸のうちで、繰り返し怒りにあおられて、とんでもない考えが首をもたげるのです。――あなたの夫を亡き者にしよう！――いっそあなたを！――それならぼくを！――これでいいのです！――夏の美しい夕べにあの山に登ることがあったら、ぼくのことを思いだしてください。ぼくがよく谷から登ってきた、と。そしてぜひ墓地で眠るぼくの墓石に目を向けてください。きっと夕日の中、背の高い草がゆらゆらと風にそよぐことでしょう。――この手紙を書きはじめたときは落ち着いていましたが、いまは子どものように泣いています。身のまわりのものがすべて生き生きとして見えるからです。――

十時頃、ウェルテルは使用人を呼んだ。着替えを手伝ってもらいながら、その使用人に言った。

「数日のうちに旅に出るから、衣服の手入れをし、荷造りをしておいてくれ」

そのあと支払いの済んでいないところから請求書をもらってきて、数冊本を貸したままにしてあるので返してもらい、毎週いくらかお金を恵んでいる数人の貧しい人に二ヶ月分先払いするように命じた。

料理を部屋に運ばせて、食事を済ますと、ウェルテルは馬を駆って、地方行政長官を訪ねた。あいにく長官は不在だった。ウェルテルは深く想いに沈みながら庭を歩いた。その姿は思い出にふけって、積み重なる憂いに打ちひしがれているようだったという。

子どもたちはウェルテルをいつまでも放ってはおかなかった。追いまわし、とびつき、話をした。

「あしたのあしたの、そのまたあしたになれば、ロッテ姉さまのところでクリスマスプレゼントがもらえるんだ」

子どもたちは幼い想像力で期待に胸をふくらませていた。

「あしたのあしたの、そのまたあしたか!」ウェルテルはそう叫んで、子どもたちに心を込めてキスをした。そして立ち去ろうとしたとき、小さな男の子がそっと耳打ちした。

「大きいお兄ちゃんたちが素敵な新年のお祝いを紙に書いたんだよ。とっても大きいの。パパとアルベルトとロッテ姉さんに一枚ずつ。ウェルテルおじさんにもね。新年の朝にあげるんだって」

ウェルテルはたまらなくなって、子どもたち一人ずつになにかしら与え、お父さんによろしくと言って、目に涙を浮かべながら馬にまたがった。

ウェルテルは午後五時頃帰宅し、家政婦に暖炉の火を見て、夜中までもつようにしてくれと頼んだ。使用人には、本と着替えを階下でトランクに詰め込み、衣服を保護袋に縫いつけるように言った。ロッテ宛の最後の手紙の次の個所は、そのあと書かれたものと思われる。

＊

きみはぼくが来ると思っていない。ぼくが言うことを聞いて、クリスマスイヴまで会いにこないと思っているんだろうな、ロッテ！　きょうしかない。クリスマスイヴにこの手紙がきみの手元に届く。きみはふるえて、この手紙を涙で濡らすだろう。やってみせる。やるしかないんだ！　腹を決めると、清々するものだな。

六時半、ウェルテルはアルベルトの家に向かった。ロッテしかいなかった。ウェルテルの訪問にひどく驚いた。夫には、クリスマスイヴまでウェルテルが来ることはない、となにかのついでに言ってあったからだ。それからまもなく、アルベルトは近くの町の役人のところへ出かける用事があると言って、馬に鞍を置き、後ろ髪を引かれたが、それでも出立した。アルベルトがその用事を先延ばしにしていたことも、行けばひと晩、家を空けることもロッテは知っていた。夫の様子から気持ちを察して、やるせなくなった。

ロッテはひとりで心穏やかにすわっていた。昔を思い返し、自分にとって価値あるものに思いを馳せていた。そして夫への愛にも。だが夫は、幸せにすると約束したのに、彼女の人生を惨めなものにしてしまった。

ロッテの脳裏にウェルテルが浮かんだ。きつい物言いはしても、彼が嫌いなわけではない。知り合った最初から、不思議な縁で結ばれ、大切な存在になっていた。それからたくさんの時間をかけ、さまざまな体験をした。ウェルテルの存在は胸に刻まれ、もはや消し去ることができない。胸がしめつけられて、ロッテは思いっきり涙を流した。そのうちなんとも言えない憂鬱が首をもたげ、深みにはまってしまった。

ロッテはどきっとした。ウェルテルが外階段を上がってきて、ロッテは在宅かとたずねる声がしたからだ。居留守を使うのはもう手遅れだった。どうしようと迷っているうちに、ウェルテルが部屋に入ってきた。

「約束を守ってくださらなかったのですね！」ロッテはウェルテルに向かって言った。

「ぼくはなにも約束していません」ウェルテルは答えた。

「あんなにお願いしたのに。お互いのためだったのですよ」

ロッテはそう言いながら、女友だちを何人か呼ぶことにした。ウェルテルとなにを話したか証人になってくれるだろう。日が暮れれば、ウェルテルは女友だちを送っていかなければならない。そうすれば、うまく彼から解放される。ウェルテルはロッテから借りた本を数冊返すために携えてきていた。ほかの本を貸そうか、とロッテはたずね、女友だちが来るのを待ちながら世間話をつづけた。そこへ家政婦が戻ってきて、女友だちふたりに断られたことがわかった。ひとりは親戚が不意に訪ねてきているところで、もうひとりはこんな時間に着替えをしたくないし、天気が悪いから外出する気になれないという。

ロッテはしばらくのあいだ、あれこれ悩むうち、自分にやましいところはないという思いが自尊心と共に首をもたげた。わけのわからないアルベルトの言動に嫌気がさし、自分の心は潔白だという思いが嵩じて、家政婦を部屋に呼ぶ計画はやめることにした。そのあとピアノでメヌエットを数曲弾いて気を取り直すと、千々に乱れていた心を鎮め、ウェルテルがすわっている長椅子にゆったりと腰を下ろしてたずねた。

「なにか読むものをお持ちではないの？」

ウェルテルにはなにも持ち合わせがなかった。

「そこの引出しにあなたが訳したオシアンの歌がいくつか入れてあります。まだ読んでいません。あなたが朗読してくださると思っていましたので。でもあなたはまったくその気になってくれませんでしたね」

ウェルテルは微笑んで歌を取ってきた。それを手にしたとき、異様なおののきに襲われた。中身を見て、目に涙が溢れた。ウェルテルは腰を下ろすと、読みはじめた。

暮れなずむ空の明星、西方の空に煌めくその美しさ。輝ける頭を雲間からもたげ、丘の上に昇るその威風よ。汝は荒野になにを探す？　吹き荒ぶ風は凪いだ。彼方より、奔流の瀬音が聞こえ、ざわめく波が遠くの岩を洗う。羽虫が羽音を立てて野に群れる。なにを見ているのだ、美しき光よ。しかし汝は笑みを浮かべながら去っていく。うねる波濤が楽しげに汝を包み、汝のいたいけな髪は波に遊ぶ。さらばだ、静かなる光よ。輝け、オシアンが魂の威光。オシアンの力を得て、光が放たれた。見えるぞ、この世を去った我が同胞たちが。

過ぎし日と変わらず、ローラの野に集うその姿。――フィンガルはさながら霧の中に立つ柱。それを囲むはフィンガルの勇者たち。見ろ、並みいる吟遊詩人たち。白髪のウリン！　威風堂々たるリノ！　愛らしき歌人アルピン！　そして穏やかな嘆きのミノーナ！――王都セルマでの浮かれた日々よりこの方、なんと変わり果てたことか、我が同胞よ！　かつて歌に詠まれし栄華、丘にそよぐ春風になびき、かすかにささやく野の草のごとし。

そのとき歩みでるミノーナ、美しく、伏し目がちに涙をたたえ、その髪は、丘より吹きおろす、絶え間ない風に重くたなびく。――ミノーナが愛らしい声を上げると、居並ぶ勇者の魂魄に暗い影がかかる。みな、サルガールが永眠する塚、白きコルマの暗い棲家を幾度となく詣でた。丘にただひとり残りしコルマは美声を響かせる。サルガールはかつて帰ると誓ったが、今は夜の帳《とばり》が下りるのみ。聞け、ひとり丘にすわるコルマの音声を。

コルマ

夜の帳下り――嵐が丘にわびしく佇む、我はひとり。山並みに吹き荒ぶ風の音。轟々と岩場を流れ落ちる早瀬。雨露しのぐ軒端《のきば》もなく、嵐が丘に人影はなし。

雲から顔をだせ、夜の月。いでよ、夜の星！　火影《ほかげ》よ、導くがよい。愛するお方が狩りに倦《う》み、休んでいるところへと。あの方の弓は弦をゆるめて傍に。あの方の猟犬は周囲で喘ぎ伏す！　しかし我はひとりここに座すほかなし。激流洗う岩の上、耳をつんざく瀬音と風の音。思い人の声はついに聞こえず。サルガールが遅れるのはなにゆえか？　誓いの言葉を早忘れしか？——彼方には岩場と樹木、此方にはざわめく水の流れ。夜の訪れと共に此方に来るはずの汝ぞいかに。ああ！　サルガールはいずこを迷っているのか？　汝となら共に逃げようものを。父も捨て、兄も捨て。誇り高きお方よ！　家と家は長らく仇なすものなれど、サルガールよ、我らは敵にあらず。

風よ、しばしのあいだ沈黙するがよい。川よ、束の間、なりを潜めるのだ。我が声よ、谷に木霊し、我がさすらい人の耳に届け。サルガール！　汝を呼ぶは我なり。樹木と岩場はここ、サルガール！　愛しの人！　我もここにあり。汝はなにゆえ帰りこぬ？

見よ、月が昇り、谷間にて川がきらめく。灰色の岩場は丘の上に聳《そび》え立つ。それでもその高みにあの方の姿はなく、あの方が従えし猟犬どもも到来を告げて吠えることなし。我はここに、ひとりすわりつづける。

見ると、眼下の荒野に倒れ伏す者あり――我が愛しの方なるか？　我が兄なるか？――

語りたまえ、我が同胞よ！　されど、だれひとり、応えることはなし。我が魂のなんと不安におののくことか――みな、命尽きたる者ら！――戦いの末、朱に染まる汝らの剣。兄よ、兄よ、なにゆえにサルガールを打ち果たしたか？　ああ、我がサルガール、なにゆえ兄を打ち果たしたか？――汝らふたりとも、我にはかけがえなき者！　幾千の強者ひしめく丘で、汝はひときわ美しく、戦にあれば猛々しき丈夫《ますらお》。応えよ！　我が声を聞くがよい、愛しのお方。されど、ああ、みな、黙して語らず。永遠の沈黙。彼らの胸の冷たさは、土塊《つちくれ》のごとし。

丘の上に聳える岩場より、嵐にまかれる山の頂より語るのだ、死せる者の魂魄よ！　とく語りたまえ！　汝らの声に我は臆さず！――汝らの安息の地はいずこ？　山懐《やまふところ》の祠に汝らを見いだしうるか！――吹き抜ける風の中にかすかな声もなし。丘に吹き荒ぶ嵐にも、うめき叫ぶ声は聞こえず。

悲嘆に暮れて我は座し、涙ながらに朝を待つ。塚を立てるのだ、死せる者らの同胞よ。されど、我が行くまで、閉じてはならない。我が生は夢のごとく儚し。生き残る甲斐もなし。同胞と共にここに住まわん、咽《むせ》び泣く川辺の岩場で——丘に夜が来て、荒野に風が吹くとき、我が霊は風に乗り、両雄の死を悼む。四阿に狩人ありて、我が声を聞き、恐れおののきつつ、愛しく思う。両雄に情けをかける我が声は、かくも甘美なり。ふたりをこよなく愛したがゆえに。

これこそ、汝の歌なり、ミノーナ。トルマンの気立てやさしきうぶな娘よ。我らはコルマに涙を流し、心を暗く閉ざす——そこに歩みいでるは竪琴をたずさえたウリン。歌うはアルピンの歌——アルピンの声はやさしく、リノの魂は火柱と化す。しかし両雄はすでに狭き安住の地に眠る者。ふたりの声がセルマに響くことはなし。——その昔、両雄が斃《たお》れる以前、狩りから戻ったウリンは、丘の上にてふたりの歌くらべを耳にした。ふたりの歌は勇者の中の勇者モラールの戦死を悼む。やさしく、悲しげに。モラールの魂はさながらフィンガルの魂。モラールの剣はさながらオスカルの剣、——されどモラールは命を落とし、父は悲嘆に暮れ、妹の目は涙に濡れた。——名にし負う勇者の妹ミノーナの目は涙に濡れた。

ウリンの歌を聞き、ミノーナは後ろにさがる。さながら西の空に嵐の兆しを見て、美しい顔《かんばせ》を雲間に隠す月のごとし。——ウリンの悲歌に合わせて、我は竪琴を弾かん。

リノ

風雨は去り、昼に日が差し、雲間が切れる。日差しが見え隠れしながら空をよぎり、丘を照らす。山より落ちて、谷を流れる川は朱に染まる。川の瀬音はゆかしく、我が耳に届く声もまたゆかし。それはアルピンの音声。亡者を悼む声。年を重ねて、うなじは重く、涙浮かべて、赤く目を腫らす。すぐれた歌人アルピンよ、なにゆえにもの言わぬ丘にひとり佇むか？　梢を揺らす風、彼方の岸に寄せては返す波もかくやと嘆くのは、なにゆえか？

アルピン

リノよ、我が涙は亡き人のため。我が声は塚に眠りし者のため。汝が丘に立つ姿、凜として、荒野の子らの中に立つその姿こそ、麗しい。しかるにモラールのごとく命を落とし、弔う者が汝の塚にはべる。丘は汝を忘れ、汝の弓は広間で弦を張られるまま。

あわれモラール、速きこと、丘を走る鹿のごとし。恐ろしきこと、天を焦がす夜の炎のごとし。怒りは嵐に等しく、戦場で汝がふるう剣は荒野に煌めく閃光。汝の音声《おんじょう》は、雨を集めて流れる森の奔流、遠い丘に響く雷鳴に等しい。その腕にかかりて斃れし者あまたあり、汝の怒りの炎が彼らを焼き尽くす。だがひとたび戦から戻れば、汝の声は和やかなり！　汝の顔は嵐のあとの日輪、静まりかえる夜の月。汝の胸の穏やかなこと、嵐のあとの湖のごとし。

汝の棲家は狭く、居場所は暗い。汝の塚を測るには三歩あれば足りる。ありし日の汝は偉丈夫《いじょうぶ》であったものを！　苔むした四つの石が汝を偲ぶ唯一のよすが。葉を落とした樹、風にささやく丈高き草。狩人が目にとめる偉大なモラールの塚。汝に涙を流す母はなく、愛の涙に濡れる乙女もなし。汝を生みし方はすでに亡く、戦士モルグランの娘もすでに戦場の露と消えた。

何者か、杖にもたれるあの男？　何者か、年老いて髪白く、涙で目を赤く泣き腫らすあの男？――モラールよ、あれは汝の父なり！　汝のほかに子を持たぬ父！　父は聞く、汝の勲《いさお》、蹴散らされた敵軍、モラールへの賛美！　されど、モラールの傷を語る声はないのか？

泣くがよい、モラールの父よ！　泣くがよい！　しかし汝の嘆きは息子に届かず。死せる者たちの眠りは深く、土の枕は低い。モラールは聞く耳を持たず。父の呼び声に応えて目覚めることもなし。いつになれば、塚に朝が訪れ、まどろむ者に目覚めよと命ずるのか？

さらばだ、人並みはずれた高貴なる者、戦場を制する者！　汝の勇姿、もはや永遠《とわ》に戦場で見ることはなし。汝の刃の輝きで暗き森が照らされることはなし。汝は子を残さず果てたが、歌に詠まれ、名は後世に伝わるだろう。未来永劫、汝の歌を聞け、モラール討死の物語を。


悲嘆に暮れる勇者たちの声高らかに、ひときわ大きくうめくはアルミン。若くして戦場の露と消えた息子の死を嘆いてのこと。英雄アルミンのそばに座するはカルモール、名にし負うガルマル国の君主。カルモールは問う。

「なぜに泣くのか、アルミン殿よ？　泣くことなどあるものか？　歌謡は魂をとろかし、楽しませるためにこそある。湖より立ち昇り、谷を覆うたおやかな霧のごとし。霧は花咲く花を潤すが、ひとたび太陽が力を吹き返せば、消え去る定め。そなたはなにゆえ悲しむのか、アルミン、湖水の国ゴルマの主よ?」

「悲しむのは道理! 当然のこと。我が心中は穏やかならず。──カルモールよ、息子も花の盛りの息女も失ったことなき身なればわかるまい。勇猛なるコルガールは健在、世にも麗しきアミラは息災。カルモールよ、汝の家の枝には花が咲く。しかしアルミンは己の一族最後の者。ダウラよ、汝の褥《しとね》は暗い! 墓の中で眠るのは息が詰まるもの」

歌と共に目覚めるはいつか、汝の声でその調べが聞けるのはいつのことか? 吹くがよい! 秋の風よ、吹くがよい! 暗き荒野に吹く嵐! 轟け、森の渓流! オークの梢で唸る嵐! 切れ切れの雲間を逍遥《しょうよう》する月よ、時にはその青白き顔を見せるがよい! 記憶に蘇るのはあの恐ろしき夜。我が子らが身罷《みまか》りし夜。偉丈夫アリンダルは射たれ、愛するダウラも息絶えた。

我が娘ダウラよ、汝は美しかった! その美しさ、フーラの丘にかかる月のごとし。その白さ、降りつもる雪のごとし。その甘さ、そよ吹く風のごとし。アリンダルよ、汝の弓は強く、槍は戦場を素早く駆け、汝のまなざしは波間の霧に似て、汝の盾は嵐の中の炎の雲なり。

戦いで名をなし、来たりて、ダウラの愛を求めしはアルマール。ダウラは長く拒まず、ダウラの友人たちは期待に胸を膨らます。

恨みを抱くオドガルの子エラトあり。兄がアルマールの手にかかりしがゆえ。エラトは船乗りに身をやつし、波の上で踊るかの者の小舟は美しい。エラトの巻き毛は白く、真剣な顔は穏やかなり。彼は言った。

「世にも美しき乙女、アルミンの愛らしき娘よ、海上の遠からぬところにあるあの岩場、木が赤い実をつけているところ、そこでアルマールがダウラを待つ。波うねる海を渡り、あの者の愛するそなたを、いざ連れゆかん」

ダウラはエラトに従い、アルマールを呼ぶ。岩の声を除いて応える声はなし。

「愛するアルマール、愛しの方、なにゆえわたしを怖がらす？　聞け、アルナートの子よ、聞くのだ。そなたを呼ぶはこれ、ダウラなり！」

裏切り者のエラトはほくそ笑み、陸へ戻る。ダウラは父と兄を呼ぶ。

「アリンダル！　アルミン！　ダウラを救う者はあらずや？」

ダウラの声は海を越えた。我が息子アリンダル、狩りを切りあげ、丘を駆けおりる。腰では矢束が鳴り、手には弓。黒灰色の犬が五頭、彼の伴《とも》。アリンダルは厚顔無恥なるエラトを浜辺で捕まえた。オークに腰を縛りつけられしエラトのうめき声、風に満つる。

アリンダルはダウラを救わんと、舟を漕ぎだす。おりしもそこへ来たのがアルマール。怒りに駆られて、灰色羽根の矢を放てば、矢唸り立てて、我が子アリンダル、汝の胸を刺し貫いた！　命落とせしは裏切り者エラトにあらず、汝なり。舟は岩場に着くも、汝はくずおれ、息絶えていた。ダウラよ、汝の嘆きはいかばかりか。足元に流れし血は兄のもの。

舟は荒波に砕かれ、アルマールは海に身を躍らせる。ダウラを救うためか、はたまた身を滅ぼすためか。丘から吹きおろす一陣の風、アルマールは波に飲まれて、浮かびこず。

我は聞く、波洗う岩場にひとり、我が娘の嘆き。いつまでも果てぬ、大きな叫び。だが父に娘を救うすべはなし。夜を徹して岸辺に立ち尽くし、淡い月明かりの中に娘を見る。夜通しつづく娘の悲鳴を耳に刻む。風音は大きく、雨は山肌を叩く。娘の声は朝を待たずに消え入り、岩場の草間を吹き抜ける夕風のごとく命尽きる。悲嘆のうちに娘は身罷り、残されしは我アルミンひとり！　戦で見せた我が強さは地に堕ち、乙女たちを虜にした我が誇りは潰《つい》えた。

山に嵐が吹き、北風が白波を立てるなか、我は波が轟く岸辺にしゃがみ、恐ろしきかの岩場を望む。沈みゆく月に我が子らの亡霊を幾度も認む。おぼろな姿にて渡りゆく、物悲しげに寄り添いて。

ロッテの目から堰を切ったように涙が溢れでて、潰れたかに見えた心もようやく解き放たれた。ウェルテルは朗読をやめ、原稿をほうりだし、ロッテの手を取って、さめざめと泣いた。ロッテは残された手に顔を伏せ、ハンカチを目に当てた。ふたりの感動はすさまじかった。ふたりは高貴な者たちの非業《ひごう》の最期に、自分たちの悲惨な運命を重ね、共にそのことを感じた。涙がふたりをひとつにした。ウェルテルの唇と目がロッテの腕に触れて、熱を帯びた。ロッテはおののき、離れようとした。だが苦痛と共感で鉛のように麻痺していた。気を取り直そうと息をつき、すすり泣きながらこの世のものとは思えない声で、先をつづけてくれと頼んだ。ウェルテルは身をふるわせ、胸が張りさけそうなのを抑え、原稿を手に取ると、途切れ途切れに先をつづけた。

我を目覚めさせるのはなにゆえか、春風よ。天の滴《しずく》をもって潤さん、ああ、なんたる戯れ。萎《しお》れるときは間近に迫り、嵐が我が葉を散らすときは近い！　明日にもさすらい人来たらん。我が美しさを見んがため。さすらい人は野に目を這わす。這わせども、我を見いだすこと、かなわず。――

このような言葉の持つ力が、丸ごと不幸なウェルテルの身に降りかかった。ウェルテルは自暴自棄になってロッテの前にひざまずき、両手を取って、自分の目と額に押しつけた。ウェルテルがとんでもないことをするのではないかという予感が、ロッテの胸をよぎった。思いは千々に乱れ、ウェルテルの両手を握ったまま自分の胸に押し当てると、辛そうに彼の方へ身をかがめた。ふたりの熱い頰が触れ合った。まわりの世界が消え去り、ウェルテルは、ロッテに腕をまわして、胸に引き寄せると、口ごもり、震えている彼女の唇に烈しくキスをした。

「ウェルテルさん！」

ロッテは押し殺した声で叫ぶなり、身をよじった。

「ウェルテルさん！」

力無く手を動かして、ウェルテルの胸を押しのけた！

「ウェルテル！」

気高い感情のこもった毅然とした口調でロッテは叫んだ。ウェルテルは逆らわず、彼女を離すと、正気を失って崩れ落ちた。ロッテはさっと立ち上がると、不安に駆られ、愛情と怒りに揺れながら言った。

「もう終わりにしましょう！ ウェルテルさん！ 二度とお目にかかりません」

そして打ちしおれたウェルテルへ愛に満ちたまなざしを向けるなり、隣の部屋にとび込み、ドアの鍵を閉めた。ウェルテルはロッテに両腕を差しのべたが、つかまえる勇気もないまま頭を長椅子にのせて、床にしゃがみ込んだ。そのままの状態で三十分以上が経過し、物音がして我に返った。食事の支度をしにきた女中だった。ウェルテルは部屋の中を行ったり来たりしたが、またひとりになると、隣の小部屋に通じるドアのところへ行って、小さい声で呼びかけた。

「ロッテ！　ロッテ！　もうひと言だけ、さようならと言わせてください！」

ロッテはなにも言わなかった。ウェルテルはじっと待ち——また頼んでは——じっと待ち、ついにドアから離れて、叫んだ。

「さようなら、ロッテ！　今生《こんじょう》の別れです！」

ウェルテルは市門まで来た。いつものことだったので、守衛は黙ってウェルテルを外にだした。氷雨が吹き荒れていた。ウェルテルがふたたび市門を叩いたのは夜の十一時頃だった。ウェルテルが帰宅したとき、使用人は主人が帽子をかぶっていないことに気づいた。だが、そのことを言う勇気がなく、黙って服を脱がせた。主人はずぶ濡れだった。帽子はのちに、谷に突きだした丘の岩場で発見された。悪天候の闇夜にどうやって転落せずにそこまで登ったのか、不思議でならない。

ウェルテルは寝床に入り、長いあいだ眠った。翌朝、使用人が呼ばれてコーヒーを運んでいくと、ウェルテルは手紙を書いているところだった。ロッテ宛の手紙で、このような内容だった。

*

これで目を開ける最後となるでしょう。この目が太陽を見ることは二度とないでしょう。どうせ霧が出て、どんよりした空に太陽は遮られています。悲しんでいるのだな、自然よ。おまえの子であり、友であり、恋人である者が人生を終えようとしている。ロッテ、こんな感覚ははじめてです。ぼんやりと夢でも見ているような感じです。最後の朝だと自分に言い聞かせるなんて。最後！　ロッテ、最後という言葉に実感が湧きません！　ぼくは元気いっぱいじゃないですか。あすにはこの体が力なく床に横たわるとは。死！　死とはなんでしょう？　死について語るときも、ぼくらは夢を見ているだけです。ぼくはこれまで何人もの死を見てきましたが、人間には限界があって、自分という存在の始まりと終わりに意味を見いだせはしないものです。でもまだ、ぼくは存在します。あなたも存在します！　あなたは存在するのです！　愛しの人よ、なのに一瞬で──分かたれ、切り離される──たぶん永遠に。──いいえ、違うでしょう、ロッテ──どうしてぼくが消滅することがあるでしょうか？　どうしてあなたが消滅することがあるでしょうか？　ぼくらは存在しているのに！——消滅！——消滅とはなんでしょう？　またしてもただの言葉！　空虚な響き。ぼくの心にはなんの感慨も呼びません。——死ねば、冷たい土に埋められます。窮屈で暗い！——ぼくにはかつて女友だちがいました。救いのない青春時代に、その人はぼくのすべてでした。でもその人は死に、ぼくはその亡骸に付き添い、墓前に立ちました。それから柩《ひつぎ》が墓穴に下ろされると、ロープは抜かれて急いで引きあげられました。それからシャベルで最初の土が落とされ、頼りなげな柩から鈍い音が響きました。音はどんどん鈍くなり、やがて柩は土に覆われました！——ぼくは墓の傍らにくずおれました。——ぼくの心は鷲づかみにされ、揺さぶられ、不安に襲われ、引き裂かれました。しかし自分になにが起きたのか——なにが起きようとしているのか、さっぱりわからなかったのです——死！　墓！　ぼくには理解できない言葉です！

どうか許してください！　お許しを！　きのうのことです！　あんなことはもう二度としないでしょう。天使よ！　はじめて、そう、本当にはじめて、心の奥底で、歓喜の思いが燃え盛ったのです。あなたがぼくを愛している！　愛してくれている、と。ぼくの唇にはいまでもあなたの唇から流れいでた神聖な炎が燃えています。ぼくの心は新しい温かな喜びで満たされています。ごめんなさい。ごめんなさい。

わかっていました。あなたが愛してくれている、と。あなたの心のこもったまなざしをはじめて見て、握手したときからわかっていたのです。でも、一旦あなたの許を離れ、そのあとアルベルトがあなたのそばにいるのを見て、ぼくはふたたび熱にうなされたような絶望に苛まれました。

あなたがぼくに贈ってくれた花を覚えていますか？　あの宿命的な集まりで、あなたはぼくにひと言も声をかけてくれず、握手することもできなかったとき、花を贈ってくれましたね。ぼくは夜半までその花の前にひざまずいていました。そこにはあなたの愛が込められていました。ところが！　その感覚が消えてしまいました。神から恩寵を受けているという感覚が信者の心からしだいに薄れていくのと同じです。見える形で神聖な恩寵を授かり、天にも昇る気持ちであったにもかかわらず。

すべては儚いものですが、きのうあなたの唇で味わい、いまもその感触が残る燃え盛る命は永久に消えることはないでしょう。あの人がぼくを愛してくれている！　この腕があの人を抱き、唇があの人の唇に触れ、あの人の口と重なったこの口がつぶやくのです。あの人はぼくのもの！　あなたはぼくのものだ！　そうなんだ、ロッテ、永遠に！

ところがどうだろう？　あなたの夫はアルベルトではないですか！　夫？――それはあくまでこの世の話です――だから現世ではぼくがあなたを愛し、あなたをアルベルトの腕からぼくの腕へと奪うのは罪深いことになるんですよね？　罪深いこと？いいでしょう！　ぼくは進んで罰を受けましょう。その罪を天にも昇る心地の中で味わい、生の香気と活力をこの胸に吸ったのですから。あの瞬間、あなたはぼくのものになったのです！　ぼくのものなのです、ロッテ。ぼくは先に行きます！　ぼくの父であり、あなたの父である方のところへ行きます。ぼくは父なる神に苦情を申し立てます。そうすれば、きっとあなたが来るまで、神はぼくを慰めてくれるでしょう。ぼくは飛んで、あなたを迎えにいきます。そしてあなたを永遠に抱きしめて、永遠なるお方の身許で過ごすでしょう。

夢なものですか。断じて絵空事ではありません！　墓穴が近いと、ものごとがはっきり見えるものなんです。ぼくらは存在しつづけて、相見《あいまみ》えることでしょう！　あなたのお母さまにも会えます！　会えば、すぐにわかると思います。お母さまにぼくの心を洗いざらい打ち明けます。あなたのお母さま、あなたの似姿に。

十一時頃、ウェルテルは使用人の少年に、アルベルトが帰ってきたかとたずねた。使用人は、馬を引くアルベルトを見たと答えた。そこでウェルテルはメモを書き、封をせずに使用人に渡した。内容は次のとおりだった。

「これから旅に出ます。ピストルを貸してもらえないでしょうか。よろしく」

愛すべきロッテは昨夜あまり寝つけなかった。すっかり気が高ぶり、さまざまなことが脳裏に浮かんで心を揺すぶったためだ。ロッテは、ウェルテルに抱かれたことで心ならずも燃え上がった炎を心の奥底で感じていた。同時になんの屈託もなかった日々を思いだしていた。無邪気な自分を信頼していたあの頃がひときわ美しく感じられた。だが、夫がどんな目つきをするか、いまからもう不安でならない。ウェルテルがまた訪ねてきたと知ったら、夫はきっと機嫌を損ね、皮肉っぽく問うことだろう。

ごまかしたり、嘘をついたりしたことはこれまで一度もないが、今度ばかりはそうせざるをえない。不本意だし、気持ちがざわついて、より一層罪深いことに感じられた。かといって原因を作った男を憎くも思えず、二度と会わないと誓う気にもなれない。

ロッテは朝方まで泣きあかした。少しうとうとしてから起き上がり、服を着たとき、夫が帰宅した。夫の存在が初めて疎ましく感じられた。泣き腫らした目や寝不足な様子に気づかれてしまうかもしれないと思うと、体がふるえた。そのせいでロッテはますます慌てふためき、夫を出迎えたときにいつになく激しくかき抱いた。湧き上がる喜びというより狼狽し、後ろめたく感じていたのは明らかで、かえってアルベルトは不審に思った。手紙や小包を開けたあと、なにか変わったことはなかったか、だれも訪ねてこなかったかと訊いた。

ロッテは口ごもりながら答えた。

「ウェルテルさんがきのう、一時間ほど来られました――」

「彼は間のいいときに来るね」アルベルトはそう言って、自分の部屋に入った。ロッテは十五分ほどその場にとどまり、夫の優しさと品位と愛情を思いだして、ひどい仕打ちをしたと自分を責めた。ロッテは未知の衝動に駆られて、夫のあとを追った。いつになく編みものを持ち、夫の部屋に行って、なにか用はないかとたずねた。「いいや、ない！」夫は答えた。机でなにか書きものをしていた。ロッテはすわって編みものをはじめた。そうやってふたりは各々の仕事に一時間ほど没頭した。アルベルトは二、三度、部屋の中を歩きまわった。ロッテが話しかけても、ろくに返事をせず、机に戻った。ロッテは悲しくなった。その気持ちを隠し、涙を飲み込もうとしたが、いたたまれない気持ちはいや増すばかりだった。

そこへウェルテルの使用人である少年があらわれた。ロッテの困惑は頂点に達した。使用人はアルベルトにメモを渡した。アルベルトは妻の方を向いて冷ややかに言った。「ピストルを渡してあげなさい」それから「——旅の無事を祈っていると伝えてくれ」

その言葉に、ロッテは雷に打たれたようになった。ふらつきながら立ち上がった。自分になにが起きたのかわからなかった。ゆっくりと壁まで行き、ふるえながら二丁のピストルを取ると、ほこりを払ったが、一瞬ためらった。アルベルトがどうしたんだというようにいぶかしげな目つきをしなければ、もっと長くためらっていただろう。ロッテはなにも言わずに、その不幸を呼ぶ武器を使用人に渡した。使用人が立ち去ると、ロッテは言いあらわしようがない苦痛に耐えながら編みものをまとめて自分の部屋に引きあげた。恐ろしいことが起こりそうな胸さわぎを覚えていた。まもなく夫の足元に身を投げて、昨夜のこと、自分の過ち、いやな予感など一切合切を夫に告白する気になった。だがその結果どうなるかわからない。告白したところで、ウェルテルの様子を見てきてくれと頼める筋合いではない。食事の支度ができた。質問があると言ってやってきた親しい友だちを、ロッテは引き留めた。食事中は歓談できて、気詰まりな雰囲気はいくらか解消された。むりやりおしゃべりをして、いやなことを忘れたというわけだ。

使用人の少年はピストルを持って、ウェルテルのところに戻った。ロッテが手渡してくれたと聞いて、ウェルテルはうれしそうにそのピストルを受け取った。それからパンとワインを持ってこさせ、使用人に食事の用意を言いつけると、腰を下ろして手紙をしたためた。

＊

この二丁のピストルはあなたの手を経て届いたのですね。あなたがほこりを払ってくれたとは。何千回でもこのピストルにキスをします。あなたが触れたのですから。天の聖霊よ、あなたまでぼくの決断を祝福してくれるとは！　そしてロッテ、あなたがこの道具をぼくに渡してくれた。あなたの手から死を受け取りたいと思っていましたが、本当にそうなるとは。使いの少年に根掘り葉掘り訊きました。あなたはピストルを渡すときにふるえていて、さようならと言わなかったとか。——悲しいことです！　じつに悲しい！——別れの挨拶がないなんて！——ぼくを永遠にあなたに結びつけたあの瞬間、まさにあの瞬間のせいで、あなたはぼくに対して心を閉ざしてしまったのでしょうか。ロッテ、何千年経とうとも、あのときの感動が消えることはないでしょう！　ぼくにはわかります。あなたのために胸を焦がした者をあなたが憎むはずがない、と。

‖

食事が済むと、ウェルテルは使用人に言って、荷造りをさせた。多くの書類を破って処分すると、外出して、ツケにしていたものを支払った。いったん帰宅すると、ウェルテルはまた出かけた。雨模様だったが、市門を出て、伯爵家の庭園に足を伸ばし、その周辺をぶらついて、日が落ちる頃に家に帰って、手紙を書いた。

＊

ヴィルヘルム、野や森や空を見てきた。見納めだ。きみにもさようならを言おう！母さん、許してください！母を慰めてくれないか、ヴィルヘルム。きみたちに神の祝福を！ぼくの持ちものは整理しておいた。ごきげんよう！また会おう。もっと楽しい気持ちで。

＊

きみにはすまないと思っている、アルベルト。どうか許してほしい。きみの家庭の平安を乱した。きみたちに不信の種をまいてしまった。お元気で。ぼくは人生を終わりにする。ぼくが死ぬことで、きみたちが幸せになるよう祈っている！　アルベルト！　アルベルト！　天使を幸せにしてくれ。そして神の祝福がきみの上にありますように！

ウェルテルは夜になっても、書類をかき集め、たくさん破いて、暖炉にくべた。そしてヴィルヘルム宛に小包をいくつか作った。小包の中味は短い原稿や思索の断片だった。わたしもそれに目を通した。十時になると、暖炉に薪をくべさせ、ワインを持ってこさせてから、使用人に寝るように言った。使用人の部屋は主寝室と同じ家の奥にあった。使用人は翌朝すぐに働けるように服を着たまま寝床に入った。駅馬車が朝の六時前に寄ることになっている、と主人に言われていたからだ。

＊

十一時過ぎ

まわりは静まり返っています。ぼくの心も静かです。最後の瞬間にこの温もりと気力を与えてくれたことを神に感謝します。

愛しい人、ぼくは窓辺に立ち、流れゆく雷雲を通して永遠の空にまたたくいくつかの星を見ています！　星は決して地に堕ちることはないでしょう！　永遠なる者の胸に抱かれているから。そしてぼくもそうなるでしょう。大熊座の尾の部分が見えます。数ある星座の中でも一番好きなものです。夜、あなたのところを辞し、門を出るとき、その星座が正面に見えます！　ようっとりと見上げたものです！　何度も手を差し伸べて、この星座こそぼくのいまの喜びの証、神聖な里程標だと見定めたものです。いまでも――ああ、ロッテ、なにを見ても、あなたを思いだしてしまいます！　あなたがぼくを取り巻いています。ぼくは子どものように、あなたが触れたものならどんな些細なものでも自分のものにしてきました！

大好きな影絵！　これはあなたに遺します。どうか大切にしてください。外出したり、帰宅したりするたび、ぼくはその影絵に何千回もキスをし、挨拶を送りました。

あなたのお父さんにメモを送って、亡骸をどうしてほしいか頼んでおきました。教会墓地の菩提樹が二本生えているところ、畑に面した奥まった片隅に葬ってください、と。お父さんなら、きっとそうしてくださるでしょう。友のためにそうしてくださるはずです。あなたからもそうお願いしてください。敬虔な信者に哀れな不幸者の隣に眠ってくれなどと言うつもりはないのです。でも、あなたたちには、通りすがりにでも墓参りしてほしいと思っています。墓地への埋葬が叶わないなら、人里離れた谷に埋めてください。[60] 司祭やレビ人[61]がその印の石の前を通りながら祝福をたれ、サマリア人[62]が涙を流してくれるでしょう。

いよいよです、ロッテ！　冷たい死の杯を手にしても、ぼくは怖気《おじけ》づいたりしません。死にいたる酒を飲みましょう！　あなたがぼくにくれた杯です。ためらいはしません。残らず！　そう、ぼくの人生の願望と期待はすべて果たされました！　どんなに手が冷たく、こわばろうとも、死へとつづく青銅の門を叩いてみせます。

あなたのために死ぬ、あなたのために身を捧げるなんて、こんな幸福なことがあるでしょうか！　あなたが人生の安らぎと喜びを取り戻せるなら、ぼくは勇気を持ち、喜んで死にます。しかし、身近な人のために血を流し、その死によって友だちに何百倍もの新しい命を吹き込めるのは、高貴な人間でもごくわずかでしょう。

葬るときはこの服のままお願いします、ロッテ。これはあなたが触れて、神聖なものになった服ですから。そのこともあなたのお父さんに頼んでおきました。ぼくの魂は柩の上に漂うでしょう。ポケットは探らないでください。あなたの胸を飾ったあのピンクのリボン、子どもたちといっしょにいるあなたにはじめて出会ったときに付け

---

60 自死した人の埋葬は当時、「ロバの埋葬」(Eselsbegräbnis) と呼ばれ、亡骸は動物と同じように扱うものとされた。教会墓地内に埋葬されることはなく、啓蒙時代には解剖実験に供されることもあった。ロバの埋葬がドイツで最後におこなわれたのは一八二八年とされているが、少年の自死を扱ったヴェデキントの戯曲『春のめざめ』(一八九一)でもまだこのことが言及されている。

61 ヤコブの子レビを祖とするイスラエルの部族のひとつ。祭礼を司る一族として特別な役割を与えられていた。

62 イスラエルのサマリア地方の住民で、イスラエル人とアッシリアからの移民による子孫であるからという理由で、ユダヤの神を信仰していたにもかかわらず、当時ユダヤ人から忌み嫌われていた。ここでは『新約聖書』「ルカによる福音書」第十章第二十六節~第三十七節でイエス・キリストが語る、不利益を顧みず、善行を施す「善きサマリア人」を暗示している。

ていたリボンを忍ばせています。それでは子どもたちにたくさんのキスを。不幸な友がどんな運命を辿ったか話してやってください。かわいい子たち。あなたにまとわりついていましたね。ぼくもあなたにくっついてばかりいました。はじめて会ったときから、あなたとは離れることができませんでした！　このリボンはいっしょに埋めてもらいます。これはぼくの誕生日にあなたがプレゼントしてくれたものでしたね！　ぼくはとことん味わい尽くしました！――それにしても、こんな最後を迎えることになるとは！――落ち着いてください！　どうか騒がないでください！――

弾は込めてあります――十二時の鐘が鳴ります！――いよいよです――ロッテ！　ごきげんよう！　さようなら！

‖

近所の人が火薬の閃光を見、発砲音を聞いた。だがそれっきり静かだったので、それ以上気にすることはなかった。

朝の六時、使用人が明かりを持って主人の部屋に入り、床に横たわる主人とピストルと血の海を見つけた。使用人は声を上げ、主人の体に触れた。返事はなく、喉がごろごろ鳴っているだけだった。使用人は医者とアルベルトを呼びに走った。呼び鈴の音に気づいたのはロッテだった。全身がふるえた。さっそく夫を起こし、ふたりしてベッドから出た。使用人が泣き声を上げ、口ごもりながら報告した。ロッテはアルベルトの前で気絶した。

不幸なウェルテルのところに駆けつけた医者は手の施しようがないと診断した。まだ脈はあったが、手足は弛緩していた。ウェルテルは右目の上を撃っていた。脳漿《のうしょう》が流れだしていた。医者は腕の静脈を切って瀉血《しゃけつ》した。血が流れた。ウェルテルにはまだ息があった。

椅子の肘掛けに血糊がついていたので、ウェルテルは机に向かってすわったまま、行為に及んだと見られる。そのあと椅子から落ち、痙攣しながら椅子のまわりを転げまわり、窓の方に向かって仰向けになって力尽きた。服は着たままで、靴をはいていた。青い燕尾服に黄色いチョッキという出立ちだった。

家の中、隣近所、いや町中が大騒ぎになった。アルベルトが部屋に入ってきた。ウェルテルはベッドに横たえられていた。額に包帯が巻かれ、死んだような顔をしていた。手足は動かない。だがまだあるときは弱く、またあるときは強く肺をごろごろ鳴らしていた。臨終が迫っていた。

ワインはグラス一杯飲んだだけで置いてあり、机には『エミーリア・ガロッティ』[63]が開いたままになっていた。

アルベルトが愕然とし、ロッテが悲嘆にくれたのは言うに及ばない。

地方行政長官が知らせをもらって駆けつけてきた。熱い涙をこぼしながら、瀕死のウェルテルにキスをした。上の息子たちも、まもなく歩いてやってきた。悲痛な様子でベッドのそばにしゃがみ込み、ウェルテルの両手と口にキスをした。ウェルテルからだれよりもかわいがられていた長男は唇にキスをしたまま離れようとしないので、むりやり引き離された。正午にウェルテルは事切れた。地方行政長官がその場に留まり、采配をふるったので、後始末は滞りなく進められた。夜の十一時、地方行政長官の計らいで、亡骸はウェルテルが生前に選んだ場所に葬られた。亡骸には、地方行政長官と息子たちが付き添った。アルベルトは付いていかなかった。ロッテの身が案じられたからだ。職人たちが柩を担いだ。聖職者はひとりも同行しなかった。

63　ドイツの劇作家、思想家のゴットホルト・エフライム・レッシング（一七二九～八一）が書いた市民悲劇。一七七二年初演、出版。レッシングはウェルテルのモデル、イェルーザレムの友人で、一七七六年にイェルーザレムの遺稿を『哲学的随筆集』として編集出版している。

解説

酒寄進一

作家が自分の物語を改訂すると、文学としての出来映えはよくなるかもしれないが、どうしても作品を損ねてしまう（九三頁）

ウェルテルは（一七七一年）八月十五日の書簡でこうつづっている。ヨハン・ヴォルフガング・ゲーテ（一七四九〜一八三二）の代表作である本書（以下、「ウェルテル」）は一七七四年九月（当時二十五歳）に匿名で出版され、その後、版を重ね、海賊版が出版されるほど評判を呼び、一七八七年（当時三十八歳）に改訂版がゲッシェン版『ゲーテ著作集』第一巻として新たに出版された（「ウェルテル」海賊版やゲッシェン版『ゲーテ著作集』、また後述する「ウェルテル」を発行したヴァイガント出版についてはジークフリート・ウンゼルト『ゲーテと出版者』（西山力也ほか訳、法政大学出版局、二〇〇五年が詳しい）。このとき原タイトルも、変更点は定冠詞 Die の削除だけであるが、*Die Leiden des jungen Werthers* から *Leiden des jungen Werthers* に改められた（なお一八二四年の版からタイトルは二格語尾 s を省いた *Die Leiden des jungen Werther* になった）。

この解説ではこれ以後、一七七四年版を初版、一七八七年版を改訂版と呼ぶ（ゲーテはその後も折に触れて「ウェルテル」のスピンオフとも言える創作をおこなっている。一八二七年、コッタ版『ゲーテ全集』を刊行した際、「スイスからの手紙」（Briefe aus der Schweiz）と題して、本編の前日譚にあたるウェルテルの十五の断章を載せている。また初版出版五十周年を記念してヴァイガント出版から「ウェルテル」新版（出版年は一八二五年と記されているが、実際の出版は一八二四年）を出版した際には巻頭に五連五十行の序詩を添えている）。これまでの邦訳は広く流通している文庫版をはじめ基本的に改訂版を底本としてきた。日本ではじめて初版を底本として訳したのは、潮出版社版『ゲーテ全集』第六巻（一九七九）に収録された『若きヴェルターの悩み』（神品芳夫訳）だけである。今回、初版の原本を底本にしたのは、文庫の形で初版を読者の手に届きやすくしたいという思いがあったからだ（そのようにした個人的理由については本書の「訳者あとがき」で後述する）。

はじめて初版を訳した神品芳夫は同書の解説で次のように記している。

改訂版では物語の内容にふくらみが増して、その意味では作品の完成度も高くなっているが、しかし一方初版のほうは、求心的にヴェルターの情感を穿ちつづけているために、語りに烈しい勢いがある。初版を通読すると、贅肉がつく前の荒い骨格をもった若者の直情径行の迫力がひしひしと感じられるように思う。改訂版では上述の大きな増補、改変のほか、細部でも加筆、修正を施している。初版における誤った語法を訂正するのは当然としても、荒ら削りな語句を和らいだ言いまわしに変えてしまっているのは、必ずしも賛成できない。（四六六頁）

「荒い骨格をもった若者の直情径行の迫力がひしひしと感じられる」というところがキモだろう。同感である。

だが本解説の冒頭に掲げたウェルテルの書簡の内容を踏まえると、ゲーテはみずから改訂の禁を犯したことになる。

ドイツ本国では、初版と改訂版の違いをめぐってさまざまな取り組みがなされている。その最たるものが初版、改訂版の対比版（Paralleldruck）が存在することだろう。左頁が初版、右頁が改訂版という体裁で、両者の違いを仔細に比較することが可能になっている。今回、底本にしたのは初版の原本に加え、こうした対比版の二冊になる。対比版についてはそれぞれを底本1、底本2とする（両者には表記に若干違いがあり、訳出にあたっては底本1を主に用いた）。

底本1　JOHANN WOLFGANG GOETHE: DIE LEIDEN DES JUNGEN WERTHERS DIE WAHLVERWANDTSCHAFTEN KLEINE PROSA EPEN. In Zusammenarbeit mit Christoph Brecht herausgegeben von Waltraud Wiethölter. (DEUTSCHER KLASSIKER VERLAG 2006)

底本2　Johann Wolfgang Goethe : Die Leiden des jungen Werthers. Studienausgabe Paralleldruck der Fassungen von 1774 und 1787. Herausgegeben von Matthias Luserke (Reclam 2020)

1　成立史

成立の背景

ゲーテは「ウェルテル」を一七七四年二月から三月にかけての四週間で一気に書きあげたとされている。自叙伝『詩と真実』第三部（一八一四年）に、そのときの様子が記されている。

　ある日突然、私はイェルーザレムの訃報に接し、世間であれこれ取り沙汰された直後に、事件のきわめて正確で詳細な記述を読んだが、この瞬間に『ヴェルター』の構想が成り立った。全体が四方八方から結晶してきて、一個の塊となった。ちょうどそれは氷点に達している容器中の水が、ほんのわずかな振動によってただちに固い氷に変わるのと同じだった。（『詩と真実―わが生涯より』河原忠彦・山崎章甫訳、『ゲーテ全集』第十巻、潮出版社、一九八〇年、一三八―一三九頁。なお訳中の『ヴェルター』は本作を指す）

そして完成した原稿は同年五月にライプツィヒの出版発行人クリスティアン・フ

リードリヒ・ヴァイガント（一七四二〜一八〇七）に送られ、同年九月に出版された。
ゲーテの自叙伝からは、さらに作品成立の契機がふたつあったことをうかがい知ることができる。

友人の妻にたいする不幸な愛情が原因となったイェルーザレムの死は、私を夢から揺り起こした。私は彼とわが身の遭遇した事実を静観しただけではなく、いまになって自分の身に生じた類似の事柄に激しく心を動かされたので、ちょうどそのとき企てていたあの作品に、詩とも現実とも区分のつかないあらゆる情熱を吹き込まずにはいられなかった。私は外との関係を完全に断ち、友人たちの訪問をさえも謝絶した。こうして内面的にも、直接関係のないことはすべて斥けた。それとは反対に、私の企てになんらかの関係があるものなら、なんでもかき集めてきた。そしてその内容をまだ詩材としては使ったことのなかった自分の最近の生活を、もういちど心のなかに思い描いてみた。このような状況のもとで長いあいだあれこれひそかに準備を重ねたのちに、私はあらかじめ全体の構想とか、ある部分の取扱いとかを紙に書きとめておいたりせずに、『ヴェルター』を四週間の

うちに書きあげた。（『詩と真実』一四〇頁）

本作を執筆する契機のひとつは「友人の妻にたいする不幸な愛情が原因となったイェルーザレムの死」だ。カール・ヴィルヘルム・イェルーザレム（一七四七～一七七二）は一七七二年十月末に二十五歳でピストル自殺した。イェルーザレムはライプツィヒ大学でのゲーテの同窓で、ヴェッツラー市の帝国大審院でも共に研修を受けていた。

もうひとつの契機は「自分の身に生じた類似の事柄」、つまりゲーテ自身の失恋体験だと言える。一七七二年六月九日、ヴェッツラーの郊外で催された舞踏会で、ゲーテはシャルロッテ・ブフ（一七五三～一八二八）と出会って片想いをする。だが彼女はすでにゲーテのもうひとりの友人ヨハン・クリスティアン・ケストナー（一七四一～一八〇〇）と婚約していた。「自分の身に生じた類似の事柄」とはこれを指すだろう。本作でウェルテルがロッテを好きになり、婚約者アルベルトと三角関係になってしまう設定は、ゲーテのこのときの三角関係をなぞったものと捉えられる。ゲーテ、ブフ、ケストナーの三人はその後も交流を重ねた。自叙伝でこうも書いている。

私たち三人はいつしか互いに慣れ親しみ、どうしてこれほど離れがたくなってしまったのか、不思議でならなかった。こうして私たちは素晴らしいひと夏を過ごしたが、これこそ一編の純ドイツ的な牧歌であって、この牧歌には実り豊かな田園が散文を、清らかな愛が韻文をおくってくれたのである。(『詩と真実』九九頁)

だがやがて、成就することのないこの恋にゲーテは耐えられなくなり、一七七二年九月十一日、ヴェッツラーから突如出奔し、生まれ故郷のフランクフルトに舞いもどってしまう(潮出版社版『ゲーテ全集』第六巻の解説では、初版執筆当時フランクフルトでの隣人ペーター・ブレンターノとその妻マクシミリアーネとも三角関係にあり、これも関係していたと指摘されている(四六五頁))。

ゲーテはその後、一七七二年十一月二日付のケストナーの書簡でイェルーザレムの自殺を知ることになる。「事件のきわめて正確で詳細な記述」はこれに当たるだろう。この書簡の抜粋が底本1の解説におよそ六頁にわたって転載されている。イェルーザレムの最期についてのケストナーの記述が、本編のウェルテルの最期の描写とよく似ていて興味深いので、その一部を訳出する。

この一件についての噂はまたたくまに広まった。町中が騒然となった。わたしがそれを耳にしたのは九時になってからだ。わたしのピストルのことが脳裏をよぎった。(中略)わたしは服を着て、駆けつけた。彼はベッドに横たわり、額に布がかけてあった。死んだような顔をしていた。もはや手足を動かすことはなく、あるときは弱く、またあるときは強く肺をごろごろ鳴らしていた。

ワインを一杯だけ飲んでいた。あちこちに本や彼自身が書いた論文が散らばっていた。窓際の書見台には『エミーリア・ガロッティ』が開いて置いてあった。その横には四つ折り判の紙に書かれた指の厚さほどの原稿の束があった。哲学的な内容だ。論文の第一部か書簡らしく、「自由について」と題されていた。中身は道徳的自由に関するものだった。その中身が彼の最後の行動と関連しているかどうか気になって、ぺらぺらめくってみたが、関連性は見いだせなかった。(中略)

十二時頃、彼は死んだ。夜の十時四十五分、通常の墓地に埋葬された。(中略)

十二個のランタンと数人の参列者と共に静かに。理髪師の徒弟たちが柩を担いだ。聖職者はひとりも同行しなかった。(底本1、九一四～九一五頁)

ウェルテルが死に至る様子、死亡から埋葬までの経過、『エミーリア・ガロッティ』が開いてあったことなど、ケストナーの文面と本作の記述がかなり一致していることがわかるだろう。

底本1の解説によると、本作は若い読者から自殺者まで出るほど熱烈に受け入れられた一方で、体制側からは販売した者に罰金を科したり、発禁処分にしたりしようとする動きもあったらしい。そんな中、一七七五年の第二版(第二版は「真なる第二版」(Zweyte ächte Auflage)と銘打たれていた。「真なる」と明記したあたり、ゲーテおよび発行人が前述した海賊版ににがりきっていた様子がうかがえる)で、ゲーテは本作をめぐる状況を配慮してか、第一部と第二部の冒頭に以下のような四行詩を載せている(底本1、九一七頁)。

第二版第一部

青年たちはみな　愛そうとする
娘たちはみな　愛されようとする
ああ　われらの衝動の最も神聖なるものよ
その衝動から痛ましい苦悩が迸りでるのは何故か?

第二版第二部
汝は嘆き悲しみ　彼のものを愛する　愛しき魂よ
汝は彼のものの記憶をその恥辱から救う
見よ　彼のものの精神が洞窟の中から汝に手を振るだろう
男を見せよ　わたしにつづくのではない

「わたしにつづくのではない」のひと言が、自殺に及ぶ恐れのある読者へのメッセージであることは疑いの余地がないだろう。

その後、ゲッシェン版『ゲーテ著作集』の企画が持ちあがり、底本1の解説によると、本作は一七八一年頃から手直しが始まり、一七八七年に著作集の第一巻として出版され、これがのちに改訂版と呼ばれるようになった。

2 初版と改訂版との違い

改訂版では誤記や正書法上の修正からはじまり、列記しきれないほどさまざまな加筆、削除、修正がおこなわれている。改訂に際してはゲーテにさまざまな影響を与えた思想家ヨハン・ゴットフリート・ヘルダー（一七四四～一八〇三）の助言があり、モデル視されていたケストナー夫妻への配慮もあったとされている。また初版時のイェルーザレム体験、シャルロッテ・ブフ体験に加えて、一七七五年にヴァイマールで知り合い、親密な間柄だったシュタイン夫人ことシャルロッテ・フォン・シュタイン（一七四二～一八二七）との新たな交友が影響しているとも言われている。

こうした改訂の中でもとくに大きいのは、十一編の書簡が新たに追加され、他の書簡の内容に加筆され、書簡の日付けが変更されている点だろう。どのような追加、加筆がおこなわれたかは、既訳の改訂版と本書を比較してみてほしい。

ここでは目安として、改訂版で追加された書簡の日付けを列記しておこう。

第一部　一七七一年五月三十日、七月二十六日（別便）、八月八日（晩）
第二部　一七七二年二月八日、六月十六日、九月四日、九月五日、九月十二日、十月二十七日（晩）、十一月二十二日、十一月二十六日

またウェルテルの書簡とは別に、第二部の「編者から読者へ」も、全面的に書き直され、四頁に及ぶ大幅な加筆がおこなわれている。改訂版の加筆部分は、農夫撲殺事件をめぐるエピソードを含み、この事件に対するアルベルトの反応にウェルテルが違和感を覚えたことなどが語られている。編者がウェルテルの心情に寄り添うような立ち位置である初版に対し、改訂版ではウェルテルをめぐる一連の事件を俯瞰して見ている描き方に変わり、ウェルテルが切羽詰まっていく様子の描写が全体的にトーンダウンしている印象を受ける。

「ウェルテル」の文体

1 シュトゥルム・ウント・ドラング文学の代表作

一七七一年十二月二十四日の書簡に「よく書けているが、もう一度、見直したまえ。もっといい表現やもっと適切な副詞が見つかるもんだ」と上司に言われたことをこぼし、ウェルテルはこうつづっている。

やってられないよ。「そして」とか「と」といった接続詞を省略してはいけないというんだ。ぼくはついつい倒置文を使う癖があるけど、そういう文体は公使にとっては不倶戴天の敵だ。複合文も決まった語順にしないと、納得しない。こういう人間と付き合わなくてはならないのは苦痛だ。（一一四頁）

これがウェルテルの文体の特徴であり、ひいては『若きウェルテルの悩み』の文体ということになる。

本作はドイツ文学史においてシュトゥルム・ウント・ドラング（疾風怒濤）文学の代表作とされている。一七六〇年代から一七八〇年代に起きた若い世代によって担われた文学運動で、十八世紀前半に主流だった理性重視の啓蒙主義に異を唱え、理性よりも感情を優先する傾向にあった。やがてゲーテと並んでドイツの文豪と称されることになるフリードリヒ・シラー（一七五九〜一八〇五）も、この流れの中から世に出たひとりだ。シュトゥルム・ウント・ドラングは劇作家であるフリードリヒ・マクシミリアン・クリンガー（一七五二〜一八三一）が一七七六年に書いた同名の恋愛喜劇（初演は一七七七年、ライプツィヒ）に由来しているが、この戯曲を見ると、文中にTumult（騒動）、Lärmen（騒音）、Sturm（嵐、興奮）、Wirrwarr（混乱）といった感情の高ぶりをあらわし、また読者、観客の感情を揺さぶる言葉が多用されている。

本作でも、いくつか気になる単語を拾ってみよう。ウェルテルの心情の変化が見えるように第一部と第二部の違いも意識してみることにする（なおドイツ語表記は初版時のもの）。

Empfindung（感受性、感情）第一部　十五回／第二部　五回
Gefühl（感情）第一部　十九回／第二部　十五回
Leidenschaft（情熱）第一部　十三回／第二部　八回

これらの単語を指す人称代名詞まではカウントしていないので、頻度はかならずしも厳密ではないが、第二部になって感情の発露が抑えられていることがわかるだろう。逆にネガティヴな単語は第二部になって増加している。

Verdruß（不愉快） 第一部 一回／第二部 七回
Sterben（死、「死ぬ」という動詞も含む） 第一部 七回／第二部 二十四回

それから強い感情を表す感嘆符の頻度も、第一部（百八十回）から第二部（三百七十回）と大幅に増加している。

もうひとつシュトゥルム・ウント・ドラング的文体としてダーシの多用についても注目したい（ただしダーシはふたつの会話体の切れ目として使われる場合も多々あり、今回の訳ではその部分を改行することでダーシを省略していることを断っておく）。

ダーシは文章と文章のあいだに挿入して、言葉にできない行間の気持ちをあらわす手法として使われることが多い。ちなみに第一部は九十一回、第二部は百八十四回と

倍増している。自殺に至る過程でウェルテル自身が自分の気持ちをもてあましているのが、この頻度の差からも見てとれるだろう。ウェルテル自身、第二部の書簡（十月十日）で「ダーシは好みではないけど、ほかに表現しようがない」と書いている（一四八頁）。言葉にできないなにか、言い換えれば「言外の意味」がダーシには込められていると言えるだろう。

なおダーシについては、ゲーテが愛読した十八世紀中葉のイギリスの小説でよく見られたことも指摘しておく必要がある。たとえばローレンス・スターン（一七一三～六八）の『紳士トリストラム・シャンディの生涯と意見』（一七五九～六七）などではダーシを二回、三回、四回と連続させての強調すらしている。イギリス文学史で「最初の小説」と呼ばれているサミュエル・リチャードソン（一六八九～一七六一）の書簡体小説『パミラ、あるいは淑徳の報い』（一七四〇）でも、スターンほどではないが、すでにダーシの意図的な使用が見られる。ちなみにイギリスの家庭劇を模範にしてドイツ市民悲劇の先駆者となったレッシングも、本書で話題になる『エミーリア・ガロッティ』（一七七二）などの戯曲でダーシを多用している。

2　書簡体小説

本作の特徴は書簡体である点にもある。リチャードソンの『パミラ、あるいは淑徳の報い』以降、イギリスの小説では個人の内面を描く手法として書簡体が使われた。書簡体小説は、書簡の受け手以外には明かされないはずの登場人物たちの内面が盗み見られるという刺激を読者に与える。

先行する作品にはイギリスの小説以外にもジャン＝ジャック・ルソー（一七一二〜七八）の『新エロイーズ』（一七六一）やドイツで最初の書簡体小説とされるゾフィー・フォン・ラ・ロッシュ（一七三一〜一八〇七）の『シュテルンハイム嬢の物語』（一七七一）があり、十八世紀のはやりであったと言えるだろう。だがその多くは複数の差出人による書簡で構成されている多声型が主流で、登場人物たちの書簡を連ねることによって間接的な対話を成立させて、ストーリーを展開させるところに特徴がある。

これに対して、本作は書簡による対話が成立していない。第一部の序文と、第二部の「編者から読者へ」を除けば、すべてウェルテルの一方的な独白だ。ヴィルヘルムからの返信があったことは推察できても、その内容はウェルテルの書簡での言及から推し量るしかない。ではどうしてこのような手法を取ったのだろう。この点についても、ゲーテは『詩と真実』の中で次のように述べている。

手紙によって心中を吐露すれば、その内容が楽しいものであれ、いとわしいものであれ、直接それに異議をとなえる人は誰ひとりいないからである。しかし、反対の理由をいろいろとあげて書かれた返事は、その孤独な人の憂鬱な気分を強め、なおのこと自己の殻に閉じこもる機会をあたえるものである。この意味で書かれたあのヴェルターの手紙があれほど多様な魅力をもっている理由は、その手紙のさまざまな内容が初めのうちは数人の個人を相手になされる例の観念的な対話という形で語られていたのに、のちには構成そのものの関係上、友人であり同情者でもあるただひとりの人にだけあてられた手紙となっているからである。（『詩と真実』一三二頁）

ゲーテの説明によれば、「手紙」は「心中を吐露」するものだ。しかも当初の「観念的な対話」に対し、のちには「友人であり同情者でもあるただひとりの人にだけあてられた手紙」になっているという。

ただしこの違いは、かならずしも第一部と第二部以降の切れ目と一致するわけではない。第一部と第二部の切れ目はあきらかに職を得て、住む場所が変わるという時間的及び空間的切れ目の要素が強い。だから第二部最初の書簡（一七七一年十月二十日、ヴィルヘルム宛）は「ぼくたちはきのう、こちらに到着した」という一文からはじまり、その後、仕事の愚痴とも言えるような報告がつづく。ロッテの名が再登場するのは一七七二年一月二十日のロッテ宛の手紙まで待つことになる。ゲーテ自身が言っているウェルテルの心の変化を捉えるには、これとは別の尺度が必要だろう。ロッテへの恋心は募る一方なので、これは尺度にしづらい。強いて言えば、手紙の中で断片的につづられる自然観や社会観や宗教観だろうか。じつは個人的にはホメーロスとオシアンをその尺度にしたらどうだろうと思っている。

3　ホメーロスからオシアンへ

この物語の精神的な転換点を考える場合、自然観や社会観や宗教観の変化でそれを捉えるのは、読者によって解釈の幅があり、なかなかに難しい。それに対して、ウェルテルが心酔していたホメーロスとオシアンは明解だ。

ホメーロスは古代ギリシアの叙事詩『イーリアス』と『オデュッセイア』の作者とされる人物であり、本作では『イーリアス』と『オデュッセイア』の総称と捉えていいだろう。「オシアン」は、ジェイムズ・マクファーソン（一七三六～九六）が収集編纂し、英語に翻訳した一連の書を総称する。古代ケルトの伝説的吟遊詩人として紹介されたオシアンの書は、ドイツでも大きな反響を呼んだ。ホメーロスが十八世紀の知識人にとって教養の書で、本作の中でウェルテルがあげているようにホメーロスにはさまざまな版があった一方、オシアンは当時の文学界で新しいブームとして注目されていた作品だった。ゲーテは一七七〇年にヘルダーから「オシアン」の存在を教えられ、そのときにドイツ語への翻訳を試み、それが本作に利用されたと言われている。

それぞれ本作で言及される個所は以下のとおりだ。ホメーロスは第一部「一七七一年五月十三日」「五月二十六日」「六月二十一日」「八月二十八日」、第二部「一七七二年三月十五日」「十月十二日」の六個所。

オシアンがウェルテルの書簡の中で語られるのは第一部「一七七一年七月十日」、第二部「一七七二年十月十二日」の二個所だけだが、「編者から読者へ」でロッテが話題にし（一九〇頁）、ウェルテルはロッテに預けていた「オシアンの歌」を朗読する。無題のものと「コルマ」「リノ」「アルピン」の四編が十二頁にわたって引用されている。

ちなみに両方が同時に言及される「一七七二年十月十二日」で、ウェルテルはこう書いている。

「ぼくの心の中では、オシアンがホメーロスにとってかわった」

ホメーロスとオシアンをウェルテルの精神のバロメーターと考えた場合、この日が転換点だと言える。引用個所はこうつづく。「このすぐれた詩人はぼくをすごい世界に導いてくれる」（一四八頁）。「すごい世界」とはどんな世界だろう。実際に本文を味わってほしいが、特徴を言うなら「死ぬほど悲嘆に暮れる乙女たちの嘆き」であり、「勇者たちの魂魄《こんぱく》」であり、「波濤《はとう》逆巻く海」である。まさしくシュトゥルム・ウント・ドラング文学の文体との共通点を持つが、前半の調和のある明るい自然とセットで語られるホメーロスの世界観にそれはない。ウェルテルは破滅的で、暗い自然観と悲壮感に裏打ちされたオシアンを通してシュトゥルム・ウント・ドラングに開眼したと言っても過言ではないだろう。

ウェルテルは「一七七一年七月十日」の書簡ではじめてオシアンに言及したとき、「そういえば先日、オシアンは気に入ったかとぼくに訊いた者がいたっけ」と最後にまるでついでのように書き添えただけだったが、それから一年あまり、まるで地底のマグマのように密かに心を煮えたぎらせていたのかもしれない。これは「子守歌はホメーロスの中にたっぷり見つかる。血がたぎったとき、その歌で何度なだめられたことだろう」（一七七一年五月十三日）というホメーロス評と好対照だ。

またウェルテル訳オシアンの文体を仔細に見ていると、面白いことに気づく。語り手がじつに自己中心的なのだ。「ここ」に相当する言葉 hier が頻出する。というか、書簡も含めてこの言葉の頻度に変化が見られる。第一部では二十七回だったのが、第二部では四十一回に増えている。

オシアンの訳の例を挙げれば次のとおりだ。

「しかし我はひとりここに座すほかなし。激流洗う岩の上、耳をつんざく瀬音と風の音。思い人の声はついに聞こえず。」Aber hier muß ich sizzen allein auf dem Felsen des verwachsenen Strohms. Der Strohm und der Sturm saust, ich hore nicht die Stimme meines Geliebten.（一九三頁）

「樹木と岩場はここ、サルガール！　愛しの人！　我もここにあり。」（Hier ist der Baum und der Fels! Salgar! mein Lieber! hier bin ich.（一九三頁）

その一方で周囲へ向けられる意識にも変化が見られる。

「それとも温かく素晴らしい想像力がぼくの心に宿って、まわりのものをすべてこの世のものとも思えなくしているのだろうか。」oder ob die warme himmlische Phantasie in meinem Herzen ist、die mir alles rings umher so paradisisch macht。（一二一～一二三頁）

というように周囲へ向けた意識のあらわれである「まわり」を意味する単語をいくつかピックアップして、第一部と第二部における頻度の差を見てみよう。

rings　第一部　五回／第二部　三回
rings herum　第一部　二回／第二部　〇回
rings umher　第一部　六回／第二部　〇回
umher　第一部　四回／第二部　三回

合計すると第一部は十七回、第二部は六回で、「ここ」とはその頻度の差が逆転している。ここからウェルテルが自己中心的になり、まわりへの気遣いが減っている様子がうかがえるだろう。

第一部で「この世に二者択一なんてめったにないってことさ。感情や行動には幅がある。ワシ鼻とダンゴ鼻のあいだにいろんな形があるようにね」（一七七一年八月八日）とグレーゾーンを認めていたウェルテルが、第二部では「ぼくの魂は障壁で二分されている。──一方は至福──もう一方は破滅、贖罪《しょくざい》の道。──贖罪？」（一七七二年十一月二十四日）と吐露するようになる心の変化とも符合すると言えるだろう。

受容史

最後に本作がその後、どのような影響を及ぼしたか概観しておこう。

本作はその内容ゆえに発表当時から毀誉褒貶《きよほうへん》が激しかったことはすでに指摘したとおりだ。さらに本作をめぐるいくつかの出来事を紹介しよう。ひとつは愛読者のひとりに皇帝ナポレオンの名があることだ。ナポレオンは本作を愛読し、一八〇八年にゲーテを引見している。また本作が出版された翌年一七七五年には、まるで二匹目のドジョウを狙うがごとき、ウェルテルを女性に置き換えたアウグスト・コルネリウス・シュトックマン（一七五一〜一八二一）の『若きウェルテル嬢の悩み』（*Die Leiden der jungen Wertherinn*）やドイツ啓蒙期の哲学者で出版人でもあったクリストフ・フリードリヒ・ニコライ（一七三三〜一八一一）の『若きウェルテルの喜び』（*Die Freuden des Jungen Werthers*）などのパロディ本が相次いで出版されている。

他にもドイツでは、「ウェルテル」に触発された文学作品が少なくない。たとえばロッテのモデルとされるシャルロッテとゲーテが四十数年ぶりに再会するところを描いたトーマス・マン（一八七五〜一九五五）の『ワイマルのロッテ』（一九三九、望月市恵訳、岩波文庫、一九七一年）や旧東ドイツの作家ウルリヒ・プレンツドルフ（一九三四～二〇〇七）がウェルテルを一九七〇年代の東ドイツの若者に置き換えて描いた『若きWのあらたな悩み』（一九七二、早崎守俊訳、白水社、一九七六年）などがある。

日本での受容の歴史はそのまま「ウェルテル」翻訳史となる。

最初の日本語訳は一八八九年、新聞記者だった中井錦城（一八六四～一九二四）の訳が「旧小説」として雑誌『新小説』に載ったのが最初と言われている（雑誌『新小説』明治二十二年八月第十五巻所収）。同じ年、森鷗外（一八六二～一九二二）は「少年ヱルテルの憂」という紹介文（雑誌『国民之友』一八八九年十月）を書く一方で、中井錦城訳を批判する形で、「ウェルテル」の一部を翻訳している。次に「ウェルテル」の翻訳を試みたのはニーチェをいち早く日本に紹介したことでも知られる文人高山樗牛（一八七一～一九〇二）だ。一八九一年（明治二十四年）七月から九月にかけて「淮《エル》亭郎《テル》の悲哀」として新聞『山形日報』に連載された（原作の約五分の四）（加藤健司「翻訳者としての若き高山樗牛―山形翻訳者の系譜―」山形大学紀要（人文科学）第17巻第4号では樗牛の訳文と原文の詳細な検討がおこなわれている）。ここまではすべて抄訳で、初の完訳は一九〇四年（明治三十七年）に金港堂から出版された、中国文学者、久保天随（一八七五～一九三四）訳の『うえるてる』になる。その後、重訳も含め谷崎精

二、秦豊吉、茅野蕭々、高橋健二、前田敬作、井上正蔵、高橋義孝、手塚富雄、柴田翔、竹山道雄、神品芳夫など錚々たる訳者によって翻訳出版されてきた。

また日本の作家への影響も散見される。国木田独歩『おとずれ』（『国民之友』一八九七年）や近松秋江『別れたる妻に送る手紙』（一九一〇）、有島武郎『宣言』（一九一五）などの書簡体小説に影響が見られるし、近年では梶龍雄のミステリ『若きウェルテルの怪死』〈旧制高校シリーズ〉（一九八三）、湊かなえ『告白』（二〇〇八）、西尾維新『ウェルテルタウンでやすらかに』（二〇二三）がその例として挙げられるだろう。

最後に現在入手しやすい版の書誌情報を初版の出版年順で挙げておく。初版を底本とした本書と改訂版を底本としたこれらの訳の違いを読み比べるのも一興だと思う。

『若きヴェールテルの悩み』（佐藤通次訳、角川文庫、一九五一年、改訳新版一九七五年）

『若きウェルテルの悩み』（竹山道雄訳、岩波文庫、一九五一年、改版一九七八年）

『若きウェルテルの悩み』（高橋義孝訳、新潮文庫、一九五二年、改版二〇一〇年）

『若きウェルテルの悩み』（内垣啓一訳、中央公論社『世界の文学5』所収、一九六

四年、新装版一九九四年）
『若きヴェルテルの悩み』（柴田翔訳、集英社『世界文学全集15』所収、一九七九年、改訂版、ちくま文庫、二〇〇二年）
「若きヴェルターの悩み」（神品芳夫訳、潮出版社『ゲーテ全集 第6巻』所収、一九七九年、新装普及版二〇〇三年）
「若きヴェルターの悩み」（大宮勘一郎編訳、『ポケットマスターピース02 ゲーテ』所収、集英社文庫へリテージ、二〇一五年）
『若きヴェルターの悩み／タウリスのイフィゲーニエ』（大宮勘一郎訳、作品社、二〇二三年）

ゲーテ年譜

＊は関連事項を示す。

一七四九年
八月二八日、フランクフルト・アム・マインで生まれる。父ヨハン・カスパーと母カタリーナ・エリーザベト（旧姓テクストア）の長男。

一七六四年　　一五歳
画家アダム・フリードリヒ・エーザーから絵の手ほどきを受ける（一七六八年まで）。このときエーザーの弟子であった美術史家ヨハン・ヨアヒム・ヴィンケルマンによる新古典主義の美術理論に触れる。

一七六五年　　一六歳
一〇月、ライプツィヒ大学入学。故郷を離れる。
＊マクファーソンの『オシアン作品集』完結。

一七六六年　　一七歳
四月、宿屋兼食堂の娘アンナ・カタリーナ・シェーンコプフと知り合い、恋に落ちる。シェイクスピアを英語およびヴィーラントによるドイツ語訳で読んだほか、翌年にかけてヴィンケルマンやレッシングを研究。

一七六八年　一九歳
七月ごろから体調不良。九月初旬にフランクフルトへ帰省して療養。秋からはフランクフルトで敬虔主義の研究会に参加。

一七六九年　二〇歳
最初期の劇作『同罪者たち』完成。

一七七〇年　二一歳
四月、シュトラスブルク（現在のストラスブール）大学に留学。九月に思想家ヨハン・ゴットフリート・ヘルダーと交流し、理性や合理主義に対する感情の優越性に主眼を置くシュトゥルム・ウント・ドラング（疾風怒濤）という若い世代の新しい文学運動に触れ、「オシアン」を知る。一〇月、シュトラスブルク近郊の村ゼーゼンハイムで、牧師の娘フリーデリーケ・ブリオンに出会って恋心を抱く。

一七七一年　二二歳
後に「ゼーゼンハイムの歌」と総称される「野ばら」「五月のうた」などの名詩が生まれる。ヘルダーの依頼でエルザス（現在のアルザス）地方の民謡を収集。フリーデリーケとは悲恋のうちに別れ、八月にフランクフルトへ帰り、弁護士開業。

一七七二年　二三歳
五月から九月にかけてヴェッツラー帝国大審院で実習生となる。同地で本書の登場人物ロッテのモデルとされるシャルロッテ・ブフ（愛称ロッテ）に恋をする。夏にはピンダロスとホメーロスを熟読。一〇月末にウェルテルのモデルとされる友人イェルーザレムが自殺。ゲーテは一週間後に駆けつける。
＊本書でウェルテルが最後に読んでいたレッシングの戯曲『エミーリア・ガロッティ』出版。

一七七三年　二四歳
「牧師の手紙」などの神学的論争文を発表。六月、戯曲『ゲッツ・フォン・ベルリヒンゲン』を匿名で刊行。

一七七四年　二五歳
二月から三月にかけて『若きウェルテルの悩み』を書きあげる。六月から七月にかけて観相学者として知られる神学者ラヴァーターとラーン川、ライン川をいっしょに旅行。夏に戯曲『クラヴィーゴ』を公刊。
九月に『若きウェルテルの悩み』を匿名で出版。若者から熱狂的に支持され、作品の影響による自殺者が急増した。また主人公ウェルテル風の服装や言葉遣いが若者のあいだで流行すると同時に、作者探しがはじまり、『ゲッツ・フォン・ベルリヒンゲン』の成功と併せてゲーテの名をひろく知らしめる。両作はのちにシュトゥルム・ウント・ドラング文学の代表作となる。一〇月には詩人クロプシュトックの旅に同行。一二月にザクセン・ヴァイマール・アイゼナハ公国の公子カール・アウグストと面会。同月、ゲーテの宗教観に大きな影響を与えたズザンネ・フォン・クレッテンベルク死去。

一七七五年　二六歳
四月、フランクフルトの銀行家の娘アンナ・エリーザベト・シェーネマン（愛称リリー）と婚約するも秋にはこれを解消。大公になったカール・アウグストの招聘により、一一月にヴァイマールに移住。シャルロッテ・フォン・シュタイン夫人と知り合う。戯曲『ファウスト』の一部をヴァイマール宮廷で朗読。

一七七六年　二七歳
六月、枢密会議参事官に任命される。

一七七七年　二八歳
二月、『ヴィルヘルム・マイスターの演劇的使命』の執筆に取り掛かる。

一七七八年　二九歳
五月、カール・アウグスト公とポツダムおよびベルリンを訪問。

一七七九年　三〇歳
三月、戯曲『タウリスのイフィゲーニエ』完成。九月には枢密顧問官に任命される。

一七八〇年　三一歳
ヴァイマールのフリーメーソン支部に入会。

一七八二年　三三歳
五月、父死去。六月、ヴァイマールのフラウエンプラーンに建てられた家（現在のゲーテ・ハウス）に移り住む。

一七八三年　三四歳

自然研究への興味が高まる。

一七八六年　三七歳
六月、ゲッシェン社と著作集出版の契約。これを機に『若きウェルテルの悩み』を改稿。第一次イタリア旅行（一七八八年まで）。

一七八七年　三八歳
二月、パレルモの植物園で植物学研究をおこない「原植物」が存在することの確信を深める。

一七八八年　三九歳
六月、ヴァイマールに帰る。七月、造花工場の女工クリスチアーネ・ヴルピウスを内縁の妻とする。九月、初めて詩人・劇作家シラーと会う。

一七八九年　四〇歳
夏に戯曲『トルクアート・タッソー』が完成。一二月二五日に長男アウグストが生まれる。

一七九〇年　四一歳
一月、『ゲーテ著作集』全八巻を刊行。論文「植物のメタモルフォーゼを説明する試み」完成。北イタリアに滞在中のアンナ・アマーリア公太后を迎えるため、三月から六月にかけて第二次イタリア旅行。

一七九一年　四二歳
一月、ヴァイマール宮廷劇場の運営を任される。

一七九二年　四三歳
八月から一〇月にかけて、カール・アウグスト公に随行し、オーストリア・

プロイセン連合軍とフランス革命軍とが戦うフランスの戦場に赴く。

一七九三年　四四歳
年始から叙事詩『ライネケ狐』に取り組む。五月から六月にかけてフランスに占領されたマインツ包囲戦に従軍。フランス革命を扱った戯曲『市民将軍』を書く。色彩に関する多くの論文を執筆。

一七九四年　四五歳
一月、ゲーテの演出でモーツァルトの『魔笛』がヴァイマール宮廷劇場で公演される。九月にはシラーが二週間、ゲーテの家に滞在。

一七九六年　四七歳
シラーとの共作である諷刺詩『クセーニエン』に取り組む。六月末に『ヴィルヘルム・マイスターの修業時代』完成。

一七九七年　四八歳
六月、『ヘルマンとドロテーア』完成。シラーの勧めで『ファウスト』の執筆を進める。この年は「バラードの年」と呼ばれ、シラーと切磋琢磨した結果「コリントの花嫁」や「魔法使いの弟子」など物語詩の名作が生まれた。

一七九八年　四九歳
前年に引き続き『ファウスト』に取り組む。一〇月には芸術雑誌《プロピュレーエン》第一号を発刊（一八〇〇年まで刊行）。

一七九九年　五〇歳

『ファウスト』を書き進める。七月、ロマン派の作家ティークと知り合う。八月、音楽家ツェルターとの文通が始まり、終生つづく。

一八〇〇年　五一歳
『ファウスト』第二部に収められることになるヘレナ劇を執筆。『色彩論』も精力的に書き進める。

一八〇一年　五二歳
一月、重い顔面丹毒にかかり、死の誤報まで流れた。療養につとめ回復。引きつづき『ファウスト』と『色彩論』に取り組む。

一八〇三年　五四歳
九月に枢密顧問官に再任され、閣下の称号を授かる。

一八〇五年　五六歳
五月九日、シラーが逝去し、ゲーテは追悼祭でシラーの詩「鐘の歌」を朗読するにあたり、エピローグを付ける。

一八〇六年　五七歳
四月、『ファウスト』第一部完成。七月は療養のためカールスバートに滞在。プロイセンとナポレオン率いるフランスがイェーナで戦火を交え、ナポレオン軍が勝利、ヴァイマールも占領されて、ゲーテ家も混乱したが難を免れる。一〇月、クリスチアーネと正式に結婚。初の全集がコッタ書店より刊行開始。

一八〇七年　五八歳
五月、小説『ヴィルヘルム・マイスターの遍歴時代』の口述筆記開始。

一八〇八年　五九歳
『ファウスト』第一部が刊行される。
九月、母死去。一〇月、皇帝ナポレオンに謁見し、愛読書『若きウェルテルの悩み』の感想を聞く。

一八一〇年　六一歳
年始から言語学者ヴィルヘルム・フォン・フンボルトが何度も来訪し交流。
『色彩論』刊行。コッタ版『ゲーテ全集』全一三巻が完結。

一八一一年　六二歳
自叙伝『詩と真実』を執筆、九月に第一部が完成、一〇月に出版。

一八一二年　六三歳
『詩と真実』第二部完成。

一八一三年　六四歳
一〇月のライプツィヒ会戦後、フランス軍敗走の影響でヴァイマールも混乱。ゲーテも避難の準備をする。『イタリア紀行』執筆に取り掛かる。

一八一四年　六五歳
五月初旬に『詩と真実』第三部を刊行。
一四世紀ペルシアの詩人ハーフィズの『詩集』（ドイツ語版）に感銘を受けて、のちに『西東詩集』として結実する詩の数々を作りはじめる。

一八一五年　六六歳
三月、ナポレオンに対する勝利を記念する作品を依頼されて前年に執筆した国民祝典劇『エピメーニデスの目覚め』がベルリンで上演される。一二月には国務大臣に任命。

一八一六年　六七歳
六月六日、妻クリスチアーネ死去。夏には『イタリア紀行』第一部が刊行される。シャルロッテ（旧姓ブフ）と四十数年ぶりの再会。

一八一七年　六八歳
一〇月『イタリア紀行』第二部刊行。

一八一八年　六九歳
『西東詩集』刊行。

一八二〇年　七一歳
九月、『ヴィルヘルム・マイスターの遍歴時代』の執筆を再開。

一八二一年　七二歳
五月、『ヴィルヘルム・マイスターの遍歴時代』第一稿を発表。

一八二二年　七三歳
夏に『滞仏従軍記』と『マインツ攻囲』を公刊。

一八二三年　七四歳
二月から三月にかけて重い心臓病にかかり、命の危険を感じるも治癒。六月、詩人見習いのエッカーマンが来訪。ゲーテにヴァイマールに留まるよう勧められ、生涯にわたる協力者、対話者となる。詩「マリーエンバートの悲歌」が生まれる。

一八二四年　七五歳
七月、作家ベッティーナ・フォン・アルニムがゲーテを訪問。のちに彼女はゲーテとの手紙のやり取りを『ゲーテとある子供との往復書簡』として公刊。

一八二五年　七六歳

『ファウスト』第二部、『詩と真実』、『遍歴時代』の執筆を続ける。

一八二七年　七八歳

コッタ書店から二度目の『ゲーテ全集』が刊行されはじめる（一八三〇年までに全四〇巻が出た）。『若きウェルテルの悩み』は第一六巻に収録。

一八二八年　七九歳

六月、カール・アウグスト大公が急逝。『ゲーテ・シラー往復書簡』第一部、第二部刊行。

一八二九年　八〇歳

八月、八〇歳を記念して、ヴァイマール宮廷劇場で初めて『ファウスト』第一部を上演。『ヴィルヘルム・マイスターの遍歴時代』第二版（最終版）が出版。『ゲーテ・シラー往復書簡』第六部完結。『イタリア紀行』第三部を刊行。

一八三〇年　八一歳

一〇月、息子アウグストがローマで客死。

一八三一年　八二歳

一月、遺言状を書く。七月、『ファウスト』第二部を完成させて原稿を封印し、死後に出版するよう指示。八月、マールに伴われてキッケルハーン山に登り、五〇年前に自らが山小屋の壁に書き付けた詩「旅人の夜の歌」を見つけて涙する。『イタリア紀行』と『詩と真実』の第四部を脱稿して完結（双方とも死後に発表）。

一八三二年

一月、封印した『ファウスト』第二部の原稿を取り出し、息子アウグストの妻オティーリエとエッカーマンに読み聞かせて手を入れる。三月一六日、体調を崩す。二二日の一一時半ごろに永眠。二六日に葬儀。

訳者あとがき

生きるべきか死ぬべきかを迷い、ぼくの全存在が打ちふるえる一瞬がある。未来という暗黒の奈落を稲光のごとく過去が照らす束の間。周囲のものがことごとく沈み、ぼくもろとも世界が崩壊する刹那。(二五七頁)

ウェルテルをはじめて翻訳で読んだのは、高校二年生のときだったと記憶している。ぼくの高校では、国語の授業の一環で各学年ごとに進級論文を課されていた。一年生のときの課題は芥川龍之介で、ぼくは芥川の自殺と深い関わりがあると言われる作品「歯車」を取りあげた。その影響からか、その後、自殺をめぐる作品をたてつづけに数編読んだ。ひとつはヘルマン・ヘッセの『車輪の下』。ゲーテの『若きウェルテルの悩み』をはじめて通読したのもこのときだ。今でも古い角川文庫版(佐藤通次訳)が手元にあるので、おそらくこれを読んだのだと思う。

なお角川文庫版のタイトルは『若きヴェールテルの悩み』となっている。原語Werther の日本語表記には表記揺れがあり、ウェルテル、ヴェールテル以外にも、ヴェルテル（ちくま文庫版、柴田翔訳）、ヴェルター（集英社文庫ヘリテージシリーズ、大宮勘一郎訳）などが見られる。原音にもっとも近いのはヴェルターだろう。だが、作品を読む前から「青春時代の必読書」といった謳《うた》い文句で『若きウェルテルの悩み』というタイトルをすり込まれていたぼくにとっては、まだドイツ語を学んでいなかったこともあって、佐藤通次訳でなぜヴェールテルと表記されているのかわからず、脳内で勝手にウェルテルと変換して読んだ覚えがある。

ぼくにとって本書の書簡の書き手はずっと「ウェルテル」だった。これはサン゠テグジュペリの *Le Petit Prince*（小さな王子）が『星の王子さま』となっているのと同じだ。実際、名前に「ヴ」という濁音を含まないほうが、ウェルテルの繊細な心情に合っている、とぼくは勝手に思い込んでいる。本書を手にした読者の中には、逆に「ウェルテル」という表記に違和感を覚える方がいるかもしれないが、そこはどうか訳者のこだわりにおつきあい願いたい。

さて、その後も何度か『若きウェルテルの悩み』を読む機会があった。一九七九年、ケルン大学に留学したとき、のちにゲーテ協会名誉会長にもなるヴェルナー・ケラー教授のゼミナール「若きゲーテ」を受講した際には原書で通読した。

しかしこの時点では、翻訳を読んでも、原書を読んでも、正直ピンと来るものがなかった。心に響かなかったというのではないが、なにを手がかりにウェルテルの悩みと向き合ったらいいかわからなかったのだ。

次に『若きウェルテルの悩み』を読んだのは、一九八七年のことだ。前年にアイドル歌手、岡田有希子が飛び降り自殺をしたことがきっかけだった。たしか数十人の青少年が後追い自殺をし、「ユッコ・シンドローム」などと呼ばれ、社会問題にもなった。ぼく自身は、ファンだったわけではないが、テレビで彼女が歌う姿を何度も見ていたから、それなりにショックを受けた。現場となったサンミュージック本社が母校に近いこともあって、現地にも足を運んだ。

このとき手にした訳書は、潮出版社からだされた『ゲーテ全集』第六巻「若きヴェルターの悩み」（神品芳夫訳）だった。このときの読書体験はまさに衝撃だった。有名人の死に触発されたこともあっただろうが、それまでと読み口が違い、心に届く言葉の力を感じた。その理由がわからないまま通読し、巻末の解説を読んで驚いた。訳者である神品芳夫はそこでこう書いていたからだ。

じつは本書の『ヴェルター』の翻訳は、わが国でははじめて初版を底本としたものである。初版と改訂版とのあいだに本質的に大きな差があるわけではない。見方によっては初版はなお未完成で、改訂版に至って完全な形に仕上ったとも考えられる。しかし（中略）刺激性が和らげられてしまったのも事実である。ゲーテも言うとおり、この作品刊行後に起った未曾有の反響は、初版によるものなのである。そう考えれば、初版の翻訳も当然あって然るべきであろう。（同書　四六五頁）

初版と改訂版についてはすでに本書の解説で書いているが、神品芳夫訳で感じたものは、よく言われるような「人妻に恋した果ての自殺」などではなく、自然への憧憬と当時の社会への怒りのあいだで翻弄されたウェルテルの繊細な心にほかならなかった。

潮出版社版『ゲーテ全集』は今では入手しづらいし、手に取りやすい文庫版はどれも、改訂版を底本にしている。今、新たに『若きウェルテルの悩み』を邦訳して読者に届けるなら、初版を底本にし、ぼくの当時の読書体験をまるごと今の読者に届けなければと思った。

奇しくも『若きウェルテルの悩み』の翻訳と相前後して、「死」をめぐる著作をいくつか翻訳した。とくにフェルディナント・フォン・シーラッハの戯曲『神』（二〇二〇）はいわゆる「安楽死」を扱った作品で、「法律」「医療」「信仰」の観点から現代における死生観を洗いなおしている。本書は二〇二二年の夏には訳を終え、長く寝かせていた。シーラッハの『神』はその時点ですでに原書で読み終え、二〇二三年九月、本書よりひと足先に東京創元社から翻訳出版した。

そういうわけで、シーラッハの『神』を訳しながらつらつら思った「自殺／自死」をめぐる問題や二十一世紀の死生観がなんらかの形で本書の訳文に反映されているかもしれない。もちろんぼくは自殺学の専門家ではないので、「二十一世紀の死生観からウェルテルの死を逆照射する」というのはおこがましいだろうが、テロの世紀とも呼ばれ、大地震という自然の猛威の前に立ちつくし、コロナ禍でそれまでの「常識」の多くが通用しなくなり、「戦争」という言葉までが遠い過去のことではなくなってしまった今、まさに「世界が崩壊する刹那」を感じ、生きることに悩んでいる人たちに届く物語に仕上がっていることを切に願うしだいだ。

二〇二四年一月

酒寄進一

本文中、精神を患う人物を描写する場面で、「壊れた心といかれた頭脳」などの不適切な表現が使用されています。これは、本作が発表された一七七〇年代当時のドイツの社会状況と未熟な人権意識に基づくものですが、作品の歴史的・文学的価値に鑑み、原文に忠実に翻訳しています。差別の助長を意図するものではないということをご理解ください。

編集部

光文社古典新訳文庫

若《わか》きウェルテルの悩《なや》み

著者　ゲーテ
訳者　酒寄《さかより》 進一《しんいち》

2024年2月20日　初版第1刷発行

発行者　三宅貴久
印刷　萩原印刷
製本　ナショナル製本

発行所　株式会社光文社
〒112-8011東京都文京区音羽1-16-6
電話　03（5395）8162（編集部）
03（5395）8116（書籍販売部）
03（5395）8125（業務部）
www.kobunsha.com

ISBN978-4-334-10219-7 Printed in Japan

いま、息をしている言葉で、もういちど古典を

長い年月をかけて世界中で読み継がれてきたのが古典です。奥の深い味わいある作品ばかりがそろっており、この「古典の森」に分け入ることは人生のもっとも大きな喜びであることに異論のある人はいないはずです。しかしながら、こんなに豊饒で魅力に満ちた古典を、なぜわたしたちはこれほどまで疎んじてきたのでしょうか。

ひとつには古臭い教養主義からの逃走だったのかもしれません。真面目に文学や思想を論じることは、ある種の権威化であるという思いから、その呪縛から逃れるために、教養そのものを否定しすぎてしまったのではないでしょうか。

いま、時代は大きな転換期を迎えています。まれに見るスピードで歴史が動いていくのを多くの人々が実感していると思います。

こんな時わたしたちを支え、導いてくれるものが古典なのです。「いま、息をしている言葉で」――光文社の古典新訳文庫は、さまよえる現代人の心の奥底まで届くような言葉で、古典を現代に蘇らせることを意図して創刊されました。気取らず、自由に、心の赴くままに、気軽に手に取って楽しめる古典作品を、新訳という光のもとに読者に届けていくこと。それがこの文庫の使命だとわたしたちは考えています。

このシリーズについてのご意見、ご感想、ご要望をハガキ、手紙、メール等で翻訳編集部までお寄せください。今後の企画の参考にさせていただきます。
メール　info@kotensinyaku.jp

光文社古典新訳文庫　好評既刊

飛ぶ教室

ケストナー
丘沢 静也 訳

孤独なジョニー、弱虫のウーリ、読書家ゼバスティアン、そして、マルティンにマティアス。五人の少年は友情を育み、信頼を学び、大人たちに見守られながら成長していく—。

寄宿生テルレスの混乱

ムージル
丘沢 静也 訳

いじめ、同性愛…。寄宿学校を舞台に、少年たちは未知の国を体験する。言葉では表わしきれない思春期の少年たちの、心理と意識の揺れを描いた、ムージルの処女作。

マルテの手記

リルケ
松永 美穂 訳

大都会パリをさまようマルテ。風景や人々を観察するうち、思考は奇妙な出来事や歴史的人物の中へ……。短い断章を積み重ねて描き出される若き詩人の苦悩と再生の物語。(解説・斎藤環)

みずうみ／三色すみれ／人形使いのポーレ

シュトルム
松永 美穂 訳

歳月を経るごとに鮮やかに蘇る初恋……。幼なじみとの若き日の甘く切ない経験を叙情あふれる繊細な心理描写で綴った、根強い人気を誇るシュトルムの傑作3篇。

水の精《ウンディーネ》

フケー
識名 章喜 訳

騎士フルトブラントは、美少女ウンディーネと出会う。恋に落ちた二人は結婚しようとするが……。水の精と人間の哀しい恋を描いた宝石のように輝くドイツ幻想文学の傑作。待望の新訳。

光文社古典新訳文庫　好評既刊

暦物語
ブレヒト
丘沢　静也
訳

老子やソクラテス、カエサルなどの有名人から無名の兵士、子どもまでが登場する"下から目線"のちょっといい話満載。劇作家ブレヒトのミリオンセラー短編集でブレヒトの魅力再発見！

三文オペラ
ブレヒト
谷川　道子
訳

貧民街のヒーロー、メッキースは街で偶然出会ったポリーを見初め、結婚式を挙げるが、彼女は、乞食の元締めの一人娘だった……。猥雑なエネルギーに満ちたブレヒトの代表作。

母アンナの子連れ従軍記
ブレヒト
谷川　道子
訳

父親の違う三人の子供を抱え、戦場でしたたかに生きていこうとする女商人アンナ。今風に言うならキャリアウーマンのシングル・マザー、しかも恋の鞘当てになるような女盛りだ。

ガリレオの生涯
ブレヒト
谷川　道子
訳

地動説をめぐり教会と対立し自説を撤回したガリレオ。幽閉生活で目が見えなくなっていくなか、秘かに『新科学対話』を口述筆記させていた。ブレヒトの自伝的戯曲であり最後の傑作。

アンティゴネ
ブレヒト
谷川　道子
訳

戦場から逃亡し殺されたポリュネイケス。王は彼の屍を葬ることを禁じるが、アンティゴネはその禁を破り抵抗する……。詩人ヘルダーリン訳に基づき、ギリシア悲劇を改作したブレヒトの傑作。

光文社古典新訳文庫　好評既刊

砂男／クレスペル顧問官
ホフマン
大島かおり　訳

サイコ・ホラーの元祖と呼ばれる、恐怖と戦慄に満ちた傑作「砂男」、芸術の圧倒的な力とそれゆえの悲劇を幻想的に綴った「クレスペル顧問官」などホフマンの怪奇幻想作品の代表傑作3篇。

くるみ割り人形とねずみの王さま／ブランビラ王女
ホフマン
大島かおり　訳

クリスマス・イヴに贈られたくるみ割り人形の導きで、少女マリーは不思議の国の扉を開ける……奔放な想像力が炸裂するホフマン円熟期の傑作2篇を収録。（解説・識名章喜）

黄金の壺／マドモワゼル・ド・スキュデリ
ホフマン
大島かおり　訳

美しい蛇に恋した大学生を描いた「黄金の壺」、天才職人が作った宝石を持つ貴族が襲われる「マドモワゼル・ド・スキュデリ」ほか、鬼才ホフマンが破天荒な想像力を駆使する珠玉の四編！

チャンドス卿の手紙／アンドレアス
ホーフマンスタール
丘沢静也　訳

言葉のウソ、限界について深く考えたすえ、もう書かないという決心を流麗な言葉で伝える「チャンドス卿の手紙」。〝世紀末ウィーンの神童〟を代表する表題作を含む散文5編。

毛皮を着たヴィーナス
ザッハー＝マゾッホ
許　光俊　訳

青年ゼヴェリンは女王と奴隷の支配関係となることをヴァンダに求めるが、そのうちに彼女の嗜虐行為はエスカレートして……。「マゾヒズム」の語源となった著者の代表作。

★続刊

枕草子　清少納言／佐々木和歌子・訳

「この草子、目に見え心に思ふ事を」。鋭くて繊細、少し意地悪でパンクな清少納言の誕生。栄華を誇った中宮定子を支えた女房としての誇りと痛快な批評が、笑いや哀感と同居する。歯切れ良く引き締まる新訳で楽しむ、平安朝文学を代表する随筆。

説得　オースティン／廣野由美子・訳

周囲の説得にあって若い海軍士官との婚約を破棄したアンは、八年ののち、出世して裕福になった元婚約者に再会する。よそよそしさと気まずさのなか、二人の胸のうちは穏やかではいられず……。大人の心情を細やかに描いた著者最後の長篇。

城　カフカ／丘沢静也・訳

ある冬の夜ふけ、測量士Kは深い雪のなかに横たわる村に到着する。城から依頼された仕事だったが、城に近づこうにもいっこうにたどり着けず……。奇妙な、喜劇的ともいえるリアルな日常を描いた最後の未完の長編。史的批判版からの新訳。